로크미디어가
유혹하는
재미있는 세상

ROK
MEDIA
로크미디어

신컨의
원코인
클리어

신컨의 원 코인 클리어 4

2023년 4월 14일 초판 1쇄 인쇄
2023년 4월 19일 초판 1쇄 발행

지은이 아케레스
발행인 강준규

기획 이기헌 왕소현 박경무 강민구 조익현
책임편집 오영란
마케팅지원 이원선

발행처 (주)로크미디어
출판등록 2003년 3월 24일
주소 서울시 마포구 마포대로 45 일진빌딩 6층
Tel (02)3273-5135 **Fax** (02)3273-5134
홈페이지 rokmedia.com **E-mail** rokmedia@empas.com

값 9,000원

ISBN 979-11-408-0740-6 (4권)
ISBN 979-11-408-0729-1 04810 (세트)

ROK
MEDIA
로크미디어

신 컨의 원 코인 클리어

아케레스 퓨전 판타지 장편소설

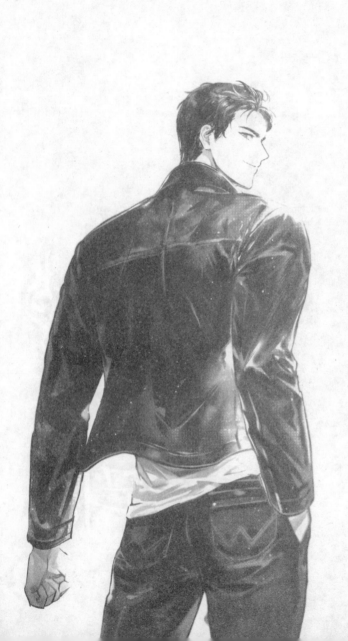

Contents

통합 쉼터 (2)

"너, 별림이 본 적 있냐."

태양의 질문에 윤택이 고개를 꺾었다.

"별림이요?"

"……스트리머 있잖아. 별님."

"아, 스트리머 별님!"

"그래. 스트리머 별님."

"형님, 별님이 방송 보시는구나?"

윤택은 태양과 별림의 관계를 모르는 눈치였다.

당연한 일이다.

별림이는 태양과의 관계를 주변 사람들에게 비밀로 했으니까.

별림 주변의 스트리머 중 태양과 별림의 관계를 아는 사람은 현혜뿐이었다.

"그런데 별님은 왜요? 혹시 별님도 단탈리안에 갇혔대요?"

"갇혀 있다고 하더라고."

태양은 별림이 그녀의 친동생이라는 사실을 밝힐지 말지 잠시 고민하다, 밝히지 않기로 했다.

그녀를 구하는 과정에서 밝혀질 수도 있고, 그의 의사와 관계없이 게임을 진행하는 도중 밝혀질 수도 있지만, 그 스스로 밝히는 건 왠지 꺼려졌다.

커리어 때문이든, 인식 때문이든, 다른 이유가 있든.

태양은 그녀의 심경을 모른다.

태양이 아는 것은, 그녀가 방송에서 태양과의 관계를 밝히고 싶지 않아 했다는 것뿐이었다.

'이건 별림이가 선택해서 밝혔으면 좋겠어.'

물론 그러기 위해서는 일단 별림을 구하는 게 우선이었다.

윤택은 태양의 표정을 보며 지레짐작했다.

'하긴, 형님 방송이 요즘 단탈리안 방송 중에서는 파급력이 제일 크니까.'

스트리머 별님이든, 누구든.

게임에 갇혀 있는 유족, 팬들에 대한 압박이 상당히 거셀 것이 분명했다.

윤택 자신 역시 '단탈리안 사태'가 일어난 후 세 번가량 플레이어를 구하기 위해 스테이지에 들어간 적이 있었는데, 그때 받은 스트레스는 이루 말할 수가 없을 정도였다. 그래서 태양의 기분을 잘 헤아릴 수 있었다.

"욕 많이 드시죠?"

"욕?"

"게임에 갇힌 유저 가족이 확인해 달라고 하고. 채팅도 미친 듯이 올라오고. 하하. 그거 보고 있으면 진짜 정신 나갈 것 같더라니까요."

"음, 뭐."

태양은 바깥에서 하는 그런 부류의 요청은 이제까지는 정말 칼같이 끊어 왔기 때문에 윤택의 핀트에 정확히 공감하진 못했지만, 정신이 나갈 것 같다는 말에 결국 고개를 끄덕였다.

"그래서, 별님 본 적 있어?"

윤택이 고개를 저었다.

"쉼터에서는 본 적 없어요. 몇 층에서 없어졌대요?"

"37층."

"어우, 높은데."

아쉽게도, 윤택은 별님을 만난 적이 없는 모양이었다.

"그렇구나."

태양이 굳은 얼굴로 한숨을 내쉬었다.

사실 어느 정도는 예상한 일이었다.

별림이 통합 쉼터에 있었다면 '불꽃' 클랜원이든 다른 일반

스트리머든, 그녀의 인맥을 통해서 모습을 비췄을 것이었다.

하지만 사실과는 별개로, 혹시 그녀가 화면에 노출되지 않은 채 통합 쉼터에 있을지도 모른다고 기대했다.

혹시나.

만에 하나라도.

─괜찮을 거야. 캡슐 안의 별림이는 분명히 살아 있으니까.

"……."

태양이 울적한 얼굴로 눈을 내리깔았다.

기록에 따르면 별림이가 방송에서 마지막으로 클리어한 층은 36층이었다.

즉, 별림은 최소 37층에 있었고, 통합 쉼터에서 발견되지는 않았으니 39층을 클리어하지는 못했을 가능성이 컸다.

39층 이상의 경우는 시간상에 문제로 불가능에 가깝고.

"혹시 캡슐은 확인된 건가요? 조심스러운 이야기이긴 한데……."

"살아 있어. 생체 반응도 나오고."

"흐음."

윤택이 고민하며 턱을 주물렀다.

오랜 시간 동안 쉼터로 돌아오지 못했다는 건 갇혀 있거나, 스테이지를 클리어하고 다음 층으로 넘어가지 않고 있다는 뜻이었다.

'확실한 건 정상적인 상황은 아니라는 건데.'

"가능성은 세 가지 있네요."

"타 종족에게 생포되었을 경우 말고 두 가지나 더 있어?"

"네. 제일 최악이고, 제일 가능성이 큰 경우가 그거고. 아니면 그냥 스테이지 특성이 엄청 오래 걸리는 스테이지라서 그 안에 갇혀 있거나, 스테이지 클리어 조건을 맞춰 놓고 일부러 스테이지에 눌러앉았거나."

태양은 딱히 더 물어보지 않았다.

이미 그도 아는 경우의 수였다.

윤택이 피식 웃었다.

"하긴, 별님이 귀엽긴 하죠?"

"어?"

"단탈리안 스트리머들 사이에서 유명하잖아요. 별님."

"유명해?"

"예. 예쁘기로 유명해요."

큼.

태양이 작게 헛기침을 내뱉었다.

"뭐 그럼, 혹시 다른 스트리머랑 막 사귀고, 그런 것도 했어? 나는 잘 몰라서."

"우결요? 아뇨. 별님은 그런 거 완전 질색하는 스타일이에요. 방송 외적으로 만났으면 만났지."

"그렇구나."

"가끔 연말에 스트리머들끼리 모여서 회식하는데 진짜 보고 놀라 가지고."

"예뻐서?"

"크. 형도 한번 보시면 진짜 개안한 느낌일걸요? 형, 방송해 주는 달님도 진짜 예쁘신데, 별님도 진짜 와……. 어, 근데 생 각해 보니까, 형님 달님이랑 친하신데 별님은 본 적 없어요? 둘이 엄청 친할……."

태양이 팔을 휘둘렀다.

빠악.

"아악! 왜 때려요?"

"알면 다쳐, 인마."

어디 남의 여동생을.

자식이.

윤택이 왜인지 기분 나빠 보이는 태양의 안색을 살피다가 이 내 인상을 굳혔다.

"그나저나, 불꽃에 안 들어올 거면 어떻게 하실 생각이십니 까? 따로 들어갈 클랜이라도 생각하시는 게 있는 겁니까?"

태양이 어깨를 으쓱였다.

"생각이 아주 없진 않아. 가장 중요한 건, 나에게 상황 통제 권을 주는 곳으로. 아니면 아예 관여 안 하고 소속만 하게 허락 해 주거나."

"어려운 조건이네요."

클랜 입장에서 태양은 아직 세공되지 않은 원석이다.

태양이 클랜에서 쥐여 준 팀의 지휘권을 얻으려면 그들과 많은 시간을 보내고 훈련하며 유대감을 쌓아야 했다.

아니면, 명령을 받든가.

물론 이미 말했다시피, 둘 다 태양이 원하는 바는 아니었다.

"안 되면 클랜에 안 들어가는 것까지 생각하고 있어."

통제권은 확실히 쥐어야 했다.

시간 말고 다른 문제도 있었다.

플레이어 이전에, 태양이 유저라는 것.

태양은 다른(특히 유저일지도 모르는) 플레이어를 마구 죽일 수 없는 처지였다.

이제까지 태양은 플레이에 누구의 간섭도 받지 않았었다.

그런데 클랜의 상하관계에 의해 명령을 받게 되면 상황이 달라진다.

이 문제는 태양이 유저를 죽이거나, 죽이지 않거나에만 해당하는 문제가 아니었다.

태양이 소속된 클랜의 다른 플레이어들이 유저를 죽인다면?

어느 정도 태양의 탓이 되어 버리고 마는 것이다.

'가능성은 적지만, 애초에 그런 환경 자체가 너무 큰 리스크야.'

아직까지 그런 일은 없었지만, 현실에서 간섭할 때, 태양과 현혜는 무력한 시민 1일 뿐이다.

그 점을 항상 염두에 두고 움직여야 했다.

"괜찮으시겠어요? 클랜에서 비롯되는 혜택은 무시하기 어려울 텐데."

"맞아. 아예 들어갈 생각이 없는 건 아니야."

통제는 받기 싫은데, 클랜은 들어간다?

윤택이 미간을 찌푸렸다.

"나름 생각해 둔 방법이 있어."

"궁금하네요."

"슬슬, 방송 켜고 이야기할까?"

"아, 형님. 궁금합니다. 힌트만 먼저 줘 봐요."

"뭘 비밀이라고. 클랜전을 이용해 볼 생각이야."

클랜전.

클랜의 등급을 결정하는 포인트 쟁탈전.

혹자는 클랜전을 단탈리안의 PVP 시스템, 결투장이라고 표현하기도 했다.

플레이어의 층수에 따라 모집군을 나누고, 모집군에 해당하는 플레이어들끼리 싸우게 만드는 것이다.

15층~20층, 20층~25층, 25층~30층, 30층~35층, 36층~까지.

클랜전은 16계위 마왕, 결투의 제파르가 담당했다.

각 플레이어는 자신의 층수에 맞는 모집군에 들어가 토너먼트 형식(개인전, 팀전)으로 결투를 치를 수 있었다.

결투에서 얻을 수 있는 보상은 두 가지였다.

결투한 상대방을 죽일 경우, 해당 플레이어가 소유하고 있던 카드와 장비.

그리고 클랜 포인트.

물론 높은 순위를 기록할수록 더 많은 클랜 포인트를 받았다.

클랜 포인트가 곧 클랜의 등급에 영향을 미치기 때문에, 클랜 입장에선 자신들의 정예를 클랜전에 내보내 포인트를 쟁취해야만 했다.

"내가 도전할 수 있는 모집군은 15층~20층뿐이지만, 그거로도 충분하지. 우승하면 B등급 클랜을 만들 수 있는 수준의 포인트를 줄 테니까."

"무소속으로요?"

태양이 고개를 끄덕였다.

클랜전 참전.

태양 자신의 기량과 가능성 말고도, 휘두를 수 있는 영향력이 생기는 것이다.

태양의 말에 윤택이 난색을 표했다.

"설마 했는데, 형 클랜전 모르시는구나."

태양이 피식 웃었다.

"왜, 못할 것 같아?"

"15층 플레이어랑 20층 플레이어랑, 능력치 차이 무시 못 합니다. 위로 가면 좀 나아질 텐데, 15~20구간은 가장 힘들어요.

보상이 후한 편이라 능력치 뻥튀기가 심하거든요. 게다가 15~20구간은 25층 다니는 플레이어들도 내려온다고요."

"다 깰 자신 있어. 위의 등급 플레이어는 더 쉬운 거 아니야? 슬롯 3개를 제거하고 능력치도 30% 깎은 채로 나오는 거잖아."

윤택이 입을 닫고 태양을 바라봤다.

"형, 형이 밑에서 업적 100개 넘게 따고 온 거, 진짜 대단하게 생각해요. 근데 여기 있는 애들은 이미 50층도 뚫은 플레이어한테 카드, 장비 지원받고 싸워요. 물론 제한이 있긴 하지만, 어쨌든 수준이 다르다고요."

그렇다고 윤택과 '불꽃' 클랜이 장비를 지원해 줄 수도 없었다.

말이 아니라 현물이 오가면, 서약을 회피할 방법이 없다.

"글쎄, 현혜는 그렇게 생각 안 하던데."

"아니, 달님이 그렇게 하자고 했다고요?"

달님이면 단탈리안 이해도는 거의 톱을 찍는 사람인데, 그랬다고?

윤택이 이마를 짚었다.

-왜, 안 될 것 없는데.

클랜 포인트라는 요소를 들고 있으면, 영입 과정에서 목소리가 커질 수밖에 없다.

거기에 더해 플레이어의 실력에 대한 증명도 되고.

"어, 저는 추천 안 할게요. 형은 이미 S⁺등급이라는 사실 만

으로도 복권이나 다름없어요. 굳이 생채기 낼 일은 안 만드는
게 나을 건데."

태양이 고개를 저었다.

물론 윤택의 말이 아주 틀리진 않았다.

태양이 다른 행동을 취하지 않아도, 저들끼리 경쟁하는 과정
에서 태양의 몸값은 치솟게 되어 있었다.

'근데 그렇다고 마냥 놀고만 있을 필요는 없지.'

태양이 가만히 있어도 B등급의 클랜 정도라면 그에게 지휘
권을 넘기면서 그를 영입하려 할지도 모른다.

하지만 A급이나 S급의 클랜은 그렇지 않을 가능성이 컸다.

서로 견제할 생각이 이미 만연해 있기 때문이다.

자신이 못 가지면 부숴 버린다는 저들의 마인드는 이미 확인
했다.

그들을 서로를 잘 알기에 태양이 그렇게 행동하는 것을 허용
하지 않을 확률이 컸다.

A등급, S등급 클랜이 가지고 있는 '클랜 시너지'는 확실히 탐
났다.

설득하느라 몇 달 동안 진땀 빼는 것도 취향은 아니다.

"결국 한번 보여 줘야 한다는 거지."

그렇기에 몸값을 더 끌어 올릴 필요가 있었다.

어떻게? 증명하는 거다.

해외 축구 리그만 봐도, 증명이 몸값을 끌어 올리는 게 얼마

나 중요한 요소인지 알 수 있다.

2부 리그, 하위 리그에서 재능을 보여야 유망주다.

이제까지 15층 미만의, 하위 리그에서만 활동한 태양은 아무리 S⁺등급을 각인 받았다고 해도, 유망주인 것이다.

태양이 이전까지 전무했던 새로운 등급을 받아내긴 했지만, 결국 그건 15층까지의 성적표에 불과하다.

하지만 1부 리그 즉, 통합 쉼터에서도 통한다는 사실을 확인한다면 이야기는 달라진다.

유망주와 리그에서 즉시 전력으로 사용할 수 있는 선수는 매겨지는 가치의 단위부터 다른 법이다.

ㅡ윤택 님 말씀도 어느 정도는 이해가 가.

현혜가 중얼거렸다.

맞는 말이다.

원래였다면, 현혜도 이런 생각을 하지 않았을 수도 있다.

하지만 태양과 현혜는 15층에서 유리 막시모프를 만났다.

"이 정도도 못 하면, 게임은 어떻게 클리어하려고. 안 그래?"

확신에 찬 태양을 바라보던 윤택이 한숨을 내쉬었다.

"휴우, 그래요. 그건 그렇다고 치자고요. 백번 양보해서 개인전은 알겠어요. 그런데, 팀전은요?"

"어?"

"형님 생각은 알겠어요. 15~20구간 클랜 포인트를 꽉 잡고 클랜들 사이에서 주도권을 어느 정도 확보하고 싶다. 이거잖아요. 근데 그러려면 팀전에서도 형님이 1등……까지는 아니더라도 유의미한 등수를 기록해야 가능하거든요."

팀전.

물론 생각해 둔 방도는 있다.

다만 이 부분은 개인전만큼 확신이 차 있지는 않았다.

태양이 중얼거렸다.

"란, 들었어?"

대답은 돌아오지 않았다.

-헐, 생각해 보니까.

태양이 화들짝 놀라서 뒤를 살폈다.

항상 그의 뒤에 서 있던 란이 보이지 않았다.

"얘 어디 갔냐?"

태양의 얼굴에 당황이 깃들었다.

❈❈❈

"아니, 그러니까. 얘기만 좀 들어 보라고요!"

"하아, 제가 지금 일행을 잃어버려서요."

"아아아아아악! 제발!"

A등급 클랜 위치스의 영입부장, 아르메스가 결국 무릎을 꿇었다.

"제발! 듣기라도 해 줘! 많은 거 안 바라. 제바아알!"

란이 그 모습을 보며 헛웃음을 내쉬었다.

"하, 그래요. 들어 볼게요. 말씀하세요."

동시에, 그녀가 손을 꽈악 움켜쥐었다.

윤태양.

이건 아니지.

진짜 너무하는 거라고.

어떻게 나를 버리고 가?

란은 당황했다.

다른 모든 클랜이 태양에게 집중하고 있는 사이, 아르메스가 그녀를 데리고 무영신투(無影神偸)에 버금가는 잠행으로 자리를 빠져나왔기 때문이다.

쉼터는 다른 플레이어에게 위해를 가할 수 없는 공간이지만, 반대로 위해만 가하지 않는다면 어떤 스킬이든 사용할 수 있는 곳이었다.

아르메스가 란의 손을 붙잡은 채, 간절한 표정으로 그녀를 설득했다.

"일단 네가 클랜에 들어오면, 달에 2천 골드는 무조건 지급. 품위 유지비야. 좋지? 장비 지원도 걱정 안 해도 돼. 이번에 아그리파 기사단이 47층에서…… 아, 아그리파 기사단은 여기에 모습은 안 보였는데, S등급 클랜이야. 아무튼, 47층에서 그 친구들이 이번에 방어구 상점을 얻어 냈는데, 걔네는 지금 모아 둔 자금이 없거든? 근데 우리는 자금이 많아. 너만 오면……"

놀랍게도, 태양을 영입하려고 시도할 때보다 훨씬 구체적이고, 놀랍도록 디테일한 부분까지 하나하나 잡아가며 하는 제의였다.

"저기……."

"걱정하지 않아도 돼. 우리 클랜이 지금 골드는 산더미처럼 쌓였거든. 상점 하나 털어도 끄떡없어. 거기에 네가 이번 클랜전에 나가면, 아니, 아니지. 나가지 않아도 돼. 복장 보니까 창천 차원에서 온 주술사계지? 시약이랑, 연구 재료 지원도 빵빵하게 넣어 줄게. 이 부분은 차원 미궁 내에 있는 그 어떤 클랜보다 우리가 더 잘해 줄 수 있어. 연구실도 하나 빼 줄 수 있고, 그리고……."

뭐지, 이게.

란이 헛웃음을 지었다.

말이 장황해서 알아듣기 어렵기는 하지만, 태양에게 했던 것 이상으로 구미가 당기는 제안이었다.

"어, 저도 말을 좀."

"아, 그래, 그래요. 궁금한 게 있어?"

"네, 있어요."

"경청할게요."

얼마나 흥분했는지, 아르메스는 숫제 존댓말과 반말을 섞어서 사용하고 있는 지경이었다.

"저는 B등급 플레이어고, 그. 태양은 S⁺등급이잖아요. 왜 태양이 아니라 저한테……?"

"아, 그건."

아르메스가 당황해서 어깨너머까지 내려오는 제 머리칼을 배배 꼬았다.

'나, 남자여서 말 걸기 어려웠다고 하면 너무 모양 빠지는데.'

위치스는 마녀들의 클랜.

남자를 받자는 이야기가 나오고는 있었지만, 말 그대로 이야기다.

아르메스는 여자들과만 생활했다.

막상 태양(남자)에게 말을 걸자니 어려웠다.

아르메스가 대답하지 않고 머뭇거리자, 란의 눈이 사기꾼을 바라보는 그것이 되었다.

"우, 우리 클랜이 위치스라서 그래!"

"네?"

"위치스. 마녀들. 우리 클랜은 원래 여자밖에 안 받아. 그래서 우리 입장에선 S⁺등급 플레이어도 중요하지만, 너 같은 '마녀'에 어울리는 플레이어도 엄청나게 중요해."

"아."

란은 곧 상황이 어떻게 된 건지 파악했다.

아르메스의 저 말은 변명이다.

창천 차원에서도 몇 번 봤다.

선녀문(仙女門), 아미파(峨嵋派), 월녀검파(月女劍派) 등의 여초 문파에서 종종 나타나는 현상이다.

남자만 입관할 수 있는 남초 문파에서도 보인다.

이성을 만나 본 적이 없어서 교류 자체가 어려워지는 경우.

"복잡하시겠네요."

"어?"

"그래도, 전략은 나쁘지 않네요."

S⁺등급의 플레이어가 대단하다고는 하지만 그렇다고 B등급 플레이어의 가치가 떨어지는 것은 아니다.

그녀는 자신이 받은 등급이 얼마나 높은 것인지는 파악하지 못했지만, 그동안의 활동을 통해서 그녀 자신이 어느 정도 가치를 지닌 플레이어인지는 비교적 정확하게 알고 있었다.

아르메스는 S⁺등급의 플레이어를 포기하는 스탠스를 취하면서 B등급인 자신을 설득할 압도적으로 유리한 고지를 차지한 것이다.

'내가 태양과 일행이라는 걸 알았나? 예상했으면 계획적인 측면에서 능력이 좋다는 거고. 예상 못 했어도 나랑 독대 자리를 따냈다는 것만으로도 이 '위치스'라는 클랜은 다른 클랜보다 유능해 보이긴 하네.'

란은 위치스를 좋게 평가했다.

능력도 있어 보이고, 그녀를 영입하고 싶어 하는 간절함도 충분히 보였다.

보장해 준 조건도 충분히 좋다.

그렇지만 안타깝게 되었다.

"말씀은 고마운데 안 될 것 같아요."

"응?"

"위치스라는 클랜, 엄청 좋아 보이는데 저는 못 들어갈 것 같아요."

아르메스의 예쁘장한 얼굴이 울상이 된다.

"왜, 왜에…… 이유라도 알려 줘."

"그…… 크흠."

"설마 남자 때문이야? 너랑 같이 올라온 그 S⁺등급의 플레이어. 걔 때문에? 괜찮아. 걔도 오면 되지! 내가 그 친구한테는 설명을 잘못해 줘서 그렇지. 너한테 이야기한 것보다 더한, 아니. 그건 아니지만 그 정도 지원은 해 줄 수 있어! 나도 응원해! 연인! 좋은 거지!"

"미친……."

욕설이 그녀의 뇌를 거치지 않고 그대로 입 밖으로 튀어나왔다.

란도 뱉어 놓고 당황했다.

어, 좀 말 같지도 않은 오해를 하고 계셔서 나도 모르게 그만.

"어? 연인이 아니었어? 미안. 내가 오해를 했구나."

"아니요. 아니에요."

란이 눈동자를 굴렸다.

그런데 생각을 조금 해 보니 제약을 통해 태양에게 묶여 있는 그녀의 상황은 명백히 '약점'이다.

'쓰읍, 이걸 밝힐 바에는 차라리…….'

그렇지 않아도 아르메스는 역시 유능한 마법사처럼 보인다.

상황이 까발려지면 나중에 어떤 변수에 노출될지 모르는 노릇이다.

"으음."

"응?"

란이 말을 끌자, 아르메스가 눈을 동그랗게 떴다.

"왜?"

"사실, 맞아요."

"어? 뭐가?"

란의 얼굴이 발갛게 달아올랐다.

그녀가 눈을 딱 감고 중얼거렸다.

"그, 제가 태양이랑 떨어질 수 없는 그런……. 아무튼 먼저 물어봐야 해요. 걔한테."

"어머, 어머, 어머!"

아르메스가 제 입을 틀어막으며 눈을 동그랗게 뜬다.

확장된 동공이 흥미로 가득 차서 반짝반짝 빛난다.

"트루 러브구나?"

"트, 트루, 뭐요?"

"진짜 사랑! 어머나. 차원 미궁에도 이런 사랑이 진짜 있구나."

아르메스의 주접에 란이 붉어진 얼굴을 반대로 돌렸다.

"그, 그렇게까지는 아니고."

그 모습을 보며 좋아하던 아르메스가 퍼뜩 정신을 차렸다.

연인이니 뭐니 보면서 좋아하고 있을 때가 아니다.

S⁺급은 못 잡더라도 애는 꼭 잡아야 한다.

"그, 그래도 다른 클랜 다 뒤져 봐도 우리처럼 맞춰 줄 수 있는 곳 몇 없다 진짜? 일단⋯⋯."

"죄송한데, 태양이랑 먼저 이야기를⋯⋯."

"히잉, 제바알⋯⋯."

아르메스가 반쯤 울며 란에게 매달렸다.

그때.

"그쯤 하시죠."

골목 반대편에서 남성의 목소리가 들려왔다.

"싫다지 않습니까. 아까 클랜들끼리 이야기 다 끝났는데, 여기서 이러시면 곤란합니다."

땅바닥에 반쯤 드러누웠던 아르메스가 빠르게 자리에서 일어나 전투태세를 취했다.

"누구야!"

"어, 너는."

란의 동공이 커졌다.

남자의 흰색 머리칼이 흩날렸다.

그 사이로 어딘지 미쳐 보이는 눈빛이 번뜩였다.

"메시아?"

"오랜만이군. 란."

✦

메시아는 란을 자신의 차에 태움으로써, 아르메스를 쫓아냈다.

그쪽에서 반발하긴 했지만, 아직 클랜에 들어가기로 이야기를 한 것도 아니고 위치스라는 클랜의 권위에 굴복하는 사람도 없었다.

아르메스가 어떤 강제력을 발휘하기는 어려운 상황이었다.

메시아는 태양, 란보다 몇 시간 일찍 통합 쉼터에 입장했다.

태양과 란 역시 '하루'짜리 스테이지여서 클리어 속도가 느린 편이 아니었는데, 그보다 훨씬 빨리 클리어한 것이다.

"우리도 빠르다고 생각했는데, 넌 진짜 빨리 올라왔구나."

"뭐, 어렵지는 않았어. 애초에 공략이 쉬운 스테이지였으니까."

부르릉.

메시아의 옆자리에 탄 란은 '자동차'라는 신문물을 이곳저곳 만져 보느라 정신이 없었다.

판타지계 차원인 에덴이나, 무협계 차원인 창천이나 자동차를 보면 나올 수밖에 없는 반응이다.

각 차원의 문명은 지구로 따지면 중세 수준이었으니까.

특히, 마법을 통해 독특한 여러 발명품을 만들어 내는 에덴 차원과 비교해서 창천 출신의 NPC들은 이런 신문물에 대한 면역이 약했다.

메시아가 피식 웃었다.

"앞으로 계속 보게 될 거다. 통합 쉼터는 넓어서 이런 이동수단이 필요하거든."

차를 살피던 란이 퍼뜩 고개를 들었다.

"생각해 보니 너도 '각인'을 받았겠네?"

"받았지."

"무슨 등급?"

메시아가 피식 웃었다.

"B. 너랑 같다."

"오."

하지만 란은 그다지 놀라운 반응을 보이지는 않았다.

그녀 본인부터가 B였기 때문이다.

-유저 전체에서 세 번째로 B등급 두 번 찍은 건데.

-알아줬으면 좋겠다.

-? KK 말고 B등급 여러 번 찍은 사람이 또 있었음?

-야마구치. 그 일본 개. 근데 걔는 초반에 클랜 빨로 한 번 찍고, 최근에 찍었었음.

−B등급이 대단함?

−유저 전체로 놓고 봐도 B등급 찍은 플레이어 열 몇 명밖에 없을걸?

−그럼 뭐 해. 윤태양은 S⁺등급인데. ㅋㅋ.

−ㄹㅇ; 아니, 허공이랑 카인도 S등급인데. S⁺등급은 뭐임?

−윤태양은 뭐 플레이어 최초로 기록 갱신 중인 건가?

−ㄹㅇ; 미쳤다, 미쳤어.

차를 바라보던 란이 물었다.

"이건 어떻게 구한 거야? 너도 도시에 들어온 지 몇 시간 안 됐을 텐데."

"운이 좋았다. 도시에 아는 사람이 있더군."

"너에게는 영입하려는 사람 안 왔어?"

"왔었지. 하지만 너희 정도는 아니었어."

유저들 사이에는 각인의 등급을 숨기는 방법은 꽤 퍼져 있었 다.

각인을 검사하는 마족과 거래를 하는 등의 꼼수들.

S등급이나 A등급 클랜이 작정하고 알아내려 하면 감추기는 어렵지만, 플레이어들 앞에서 공개적으로 알려지지 않게는 할 수 있었다.

오히려 메시아는 태양이 그런 방법을 쓰지 않고 각인 정보를 그대로 드러낸 선택을 이색적이라고 느꼈다.

물론 태양의 선택도 일리는 있었다.

S⁺등급이 될 줄은 몰랐겠지만, A등급 이상의 높은 성과는 거의 반쯤 보장된 상태였으니까.

"뭐, 나도 이리저리 간 보는 중이다. 위치스의 저 여자도 내 얼굴은 알걸? 관심이 없을 뿐이지."

란이 미간을 찌푸렸다.

"지금 여관으로 가고 있는 거 맞아?"

"맞아. 방금 전에 말했잖아. 도시가 크다고."

"윤태양은 여관에 있는 게 맞고?"

"걱정하지 마라. 너한테 나쁜 마음이 있는 건 아니니까."

그녀가 허리를 시트에 밀착했다.

"나쁜 마음이 없다. 그럼 슬슬 말해 봐."

"무슨 소리야."

"빼지 말고. 나에게 접근한 이유 말이야."

메시아는 윤태양에게 관심을 보인 적은 많았다.

하지만 란에게 관심을 보인 적은 없었다.

게다가 그가 윤태양에게 용건이 있었다면, 란 자신을 데리러 올 게 아니라 바로 여관으로 향했어야 옳다.

메시아가 이를 드러내며 웃었다.

"전부터 느꼈는데. 머리 회전이 빠르군?"

"뭐, 생각을 할 줄은 알지."

메시아가 용건을 드러냈다.

"부탁할 것이 있다."

"부탁?"

끼익.

메시아가 브레이크를 밟았다.

***

[B등급 플레이어, 메시아. B등급 플레이어, 란이 출입을 요망합니다.]

"오, 란 왔네. 근데 뭐야, 메시아도?"

-아까 방송 통해서 내가 불렀어.

태양이 시스템을 조작해서 두 플레이어의 출입을 허가했다.

후웅.

빛과 함께 메시아와 란이 A등급 숙박 시설 안으로 들어왔다.

"태양! 이건 해도 해도 너무한 거 아니야? 나를 버리고 가?"

"아, 미안. 난 잘 따라올 줄 알았지."

메시아가 태양에게 다가와 대뜸 손을 내밀었다.

[플레이어 메시아가 플레이어 윤태양에게 거래를 요청합니다.]

"거래?"

"받을 게 있잖나."

"아아."

태양이 구해 준 유저 스테판, 클레이와 현.

그들을 통합 쉼터로 올려 주면, 그들의 장비와 카드를 모두 넘기기로 했었지.

"막상 여기서 팔자면 그렇게 커다란 값어치는 없을 거다."

"나도 알아. 여기 방값이나 나오면 다행이지. 그나저나, B등급이라니. 생각보다 엄청 높네?"

"저도 놀랐습니다. 아, 메시아. 오랜만입니다. 윤택입니다. 아시죠? 엄윤택."

메시아가 윤택과 악수를 나누며 말을 이었다.

"S⁺등급에 비하면 아무것도 아니지."

"그래. 솔직히, 네가 B등급이나 될 줄은 몰랐어. 유능한 플레이어인 건 알았지만."

–정말로. B등급이면 어지간한 NPC보다 훨씬 도움이 된다는 소리인데. 태양아, 계획에 메시아를 고려해 보는 것도 나쁘지 않을 것 같은데?

"무슨 계획?"

–클랜전 팀. 클랜전 때만 메시아를 영입하는 거지.

"오, 나쁘지 않은가?"

그때 태양의 눈앞에 후원 창이 떠올랐다.

[킹피는4연초진부터' 님이 10,000원을 후원하셨습니다!]

[야, 너 그러다가 란 뺏긴다.]

신권의
원 코인
클리어

['메시아ㅋ' 님이 10,000원을 후원하셨습니다!]

[란 좀 빌려갈게, ㅋ.]

태양의 눈썹이 일그러졌다.

"이건 또 무슨 소리야."

"응?"

"뭐가?"

"왜 그러십니까? 형님?"

태양이 메시아와 란을 바라봤다.

"둘이 뭔데?"

"어?"

란이 깜짝 놀라서 눈을 동그랗게 떴다.

"아직 말도 안 했는데 어떻게?"

"다 아는 방법이 있지. 뭔데?"

반면 유저인 메시아는 피식 웃었다.

"별건 아니었다."

"별거 아니면 말해 봐. 뭐였는데?"

"V-헤로인. 들어줄 수 있겠냐고 물어본 거다."

"V-헤로인?"

"그래. '현상금' 스테이지에서 드라큘라를 잡아내고 V-헤로인의 제작법을 얻어 냈지 않았나."

"아."

난 또 뭐라고.

태양이 채팅 창을 보며 중얼거렸다.

"별것도 아닌 거로 유난이네. 이 사람들."

그러자 채팅 창이 좌르륵 올라왔다.

—이게 왜 별게 아님!

—란이 다른 남자랑 말 섞는데에에에!

—말만 섞는 게 아님. 생각해 보셈. 재료 준답시고 방에 들락날락하고. 이야기도 하고. 눈도 맞고. 그리고...

—아, ㅋㅋ 안 봐도 블루레이네.

—나는 그런 거 허락한 적 없다.

—나 벌써 숨이 안 쉬어지려고 해. 이거 정상이야?

코웃음이 절로 나온다.

"아니, 애초에 너희들이 허락하고 말고 할 게 뭐가 있다고."

—안 돼! 허락 못 해!

—란은 태양이하고만 있어야 해!

—ㅇㄱㄹㅇ.

—얘 진짜. 너 한 번 호되게 당해 봐야 정신 차리니?

—내 눈에 흙이 들어가기 전까지는 안 된다.

—와, 온라인 시어머니 실화냐.

금방 또 주접을 떨어 대는 채팅들.

더해서 후원까지 날아왔다.

['우결충' 님이 10,000원을 후원하셨습니다!]

[달님 말없이 웃는 중.]

신의
원코인
클리어

-ㄹㅇㅋㅋ.

-이거 맞지.

-어째 말이 없다 했다.

그것들을 보고 있자니 절로 머리가 아파진 태양이 머리를
부여잡았다.

"너희는 무슨 다른 차원에 사냐? 어떻게 이렇게 말 같지도
않은 소리만 골라서 하지."

-원래 그런 애들이야. 무시해. 무시해.

채팅에서 눈을 뗀 태양이 메시아를 바라봤다.

"너, 흡혈귀 되게?"

다분히 의외라는 말투.

메시아가 선선히 고개를 끄덕였다.

"그래."

"왜?"

태양의 입장에선 궁금할 수밖에 없었다.

현혜도 그렇고, 메시아 본인도 전에 말하길 흡혈귀는 조건을
너무 많이 타는 종족이라고 말했었다.

한계가 있다는 뜻이다.

이는 흡혈귀로 48층까지 올라간 랭커 유저 제수스도 인정한
부분이었다.

"너도 끝까지 올라갈 생각인 거 아니었어?"

"그래. 목적은 변함없다."

하지만 생각은 변했다.

태양을 보며 느낀 것이 있기 때문이다.

태양은 역대 최고로 클리어 가능성이 큰 유저였다.

적어도 여태 나왔던 단탈리안 유저 중에서는 확실했다.

S⁺등급이 그것을 상징했고, 그가 그동안 보여 준 여러 플레이가 상징을 뒷받침했다.

윤태양이 단탈리안을 클리어한다면, 메시아가 해야 할 것은 무엇인가.

어차피 클리어해 줄 테니 쉼터에서 뱃살이나 긁으면서 기다리기?

아니, 그런 것은 성정에 맞지 않는다.

최대한 돕는다.

어떻게 해야 도울 수 있을지 고민을 거듭해서 생각해 낸 것이 바로 흡혈귀가 되는 것이었다.

흡혈귀는 조건부이지만, 강하다.

메시아는 자기 자신을 일부 전략에만 사용할 수 있는 조건부 전략 병기로 만들더라도 확실히 '쓸모'가 있는 방향으로 성장 루트를 선회하기로 결심한 것이다.

롤 플레이어(Role Player).

태양의 템포에 맞춰 스테이지를 올라가는 것도 힘겨운 일이겠고, 흡혈귀라는 디메리트가 치명적으로 작용하는 상황도 많겠지.

하지만 겪고 올라가기만 하면 몇 번쯤은 태양에게 도움이 될 수 있는 상황이 만들어질 수도 있다.

이야기를 들은 태양이 얼떨떨한 얼굴로 메시아를 바라봤다.

"너……."

"칭찬은 필요 없다. 그저 집착일 뿐이다."

"어, 진짜. 집착이 소름 돋네. 가까이 오지 마. 꺼림칙하니까."

"……."

태양이 소름이 오른 자신의 팔을 매만지며 메시아와 거리를 벌렸다.

파티에 넣어 달라고 이렇게까지 발악할 일이야?

뭐야, 저거. 무서워.

"현혜야, 저거 클랜전 멤버로 넣는 것도 다시 고민해 봐야 하지 않을까?"

―그래도 당장 능력은 확실하니까.

"클랜전?"

"응. 클랜에 가입하기 전에 무소속으로 15~20층 플레이어 클랜전을 해 볼까 생각 중이거든."

"무소속이라, 쉽지 않을 텐데."

"맞아. 쉽지 않을 거야."

메시아가 히죽 웃었다.

"그래서, 팀전 멤버로 나를 생각했다는 이야기군?"

"어, 뭐. 고민 중이긴 한데."

"탁월한 선택이다."

하얗게 웃는 메시아를 보며 윤택이 뒷머리를 긁었다.

"와. 저건 봐도 봐도 익숙해지지가 않아."

"혹시 착각할까 봐 말하는 건데. 클랜전에 한해서야. 클랜전 같이 뛴다고 뭐 스테이지에 데리고 다닐 생각은 없어."

숫자를 채워야 해서 일어난 일일 뿐이다.

태양은 아직도 스테이지에서 발휘될 메시아의 전력이 태양에게 도움을 줄 정도는 아니라고 생각하고 있었다.

'가장 장점인 뇌지컬은 현혜로도 충분히 충당할 수 있으니까.'

태양의 말에 메시아가 어깨를 으쓱였다.

"상관없다. 알고 있어."

그는 당연히 '현상금' 스테이지 이후로 보여 준 게 없으니 당연히 판단이 뒤집힐 일도 없었을 것이라 생각했다.

하지만 상관없었다.

성장해서 데리고 다닐 수밖에 없게 만들면 되는 일이었다.

그는 성장할 만한 소스를 여러 가지 알고 있었고, 재료를 모아 흡혈귀가 된다면 엄청나게 반등할 여지도 있었다.

흡혈귀는 '조건부'라는 색안경만 빼고 보면 초중반에 특히 강력한 종족 중 하나였다.

그러면서 후반에도 힘이 빠지지 않고.

란이 메시아에게 물었다.

"V-헤로인. 클랜전 전까지 만들어야 하는 거야?"

"될 수 있으면 그렇게 부탁하고 싶군."

"클랜전까지 얼마나 남았는데?"

윤택이 끼어들었다.

"대략 2주 정도 남았을 겁니다. 2주보다 조금 더. 곧 제파르가 클랜전 일정을 발표한다고 했으니까요. 일정 발표를 기준으로 정확히 2주입니다."

"2주라."

란이 V-헤로인 제작 주술 도해 상(上)권을 펼쳤다.

"시간이 그렇게 넉넉하지는 않을 것 같은데."

"얼마나 걸리는지 알 수 있나?"

"확실하지 않아. 실제로 만들어 본 적은 없으니까. 눈대중으로 보기에도 대략 1주는 넘게 걸릴 것 같은데?"

파라라락.

낡은 종이가 부드럽게 넘어갔다.

란이 말을 이었다.

"재료는 네가 다 준비해 와야 해. 난 못 도와줘. 당장 여기서 재료를 구할 방법도 모르고."

위치스 쪽이랑 연결이 된다면 이야기가 좀 달라질 수도 있겠지만, 태양의 이야기를 들어 보니 클랜전 전까지 그쪽이랑 연결될 일은 아예 없을 것 같았다.

"당연한 이야기를 하는군. 자료는 당연히 다 내가 구한다."

"시간 안에 맞춰서 구할 수 있겠어?"

"해 봐야지."

메시아가 말과 함께 은근슬쩍 윤택을 쳐다봤다.

윤택이 뻔뻔한 얼굴로 어깨를 들썩였다.

"뭐요?"

"'불꽃'의 존재 의의잖나. 유저에게 도움이 되는 클랜."

"아, 나보고 도와 달라고요?"

"하나부터 열까지 그쪽에 부탁할 생각은 나도 없어."

"쓰읍."

"일단 조금 있다가. 재료 대충 어떤 거 필요한지는 알려 줄
게."

탁.

책을 덮은 란이 배시시 웃었다.

태양이 물었다.

"뭘 그렇게 웃냐?"

"그냥. 그렇지 않아도 한번 해 보고 싶었는데 잘됐다 싶어
서."

"V-헤로인 만드는 거?"

"응. 맨날 풍술(風術) 수련이나 했지. 이렇게 비약을 만드는 건
스승님이 잘 안 가르쳐 주셨거든."

란의 말과 동시에 세 남자가 동시에 그녀를 바라봤다.

"뭐?"

"뭐라고?"

"잘, 뭐요?"

란이 고개를 갸웃거렸다.

"응? 왜? 아, 걱정 안 해도 돼. 나 실전에 강한 편이거든."

─ㅋㅋㅋㅋㅋ 메시아 잘하면 독살당하겠네.

─약물중독 엔딩 씨게 보이네. 아 ㅋㅋ.

─진짜 그러면 대박이긴 하겠다. ㅋㅋㅋㅋㅋ.

메시아는 란이 말해 준 재료를 공수하기 위해 떠나고, 란은 V-헤로인 제작 주술을 연구하기 위해 방에 틀어박혔다.

윤택이 태양에게 조심스럽게 물었다.

"형님, 이럼 한 자리 비네요?"

"뭐가?"

"클랜전에 참가할 팀이요."

태양이 선선히 고개를 끄덕였다.

"그렇지. 팀전은 네 명이 필요하니까."

"그럼…… 저 슬쩍 껴 봐도 됩니까?"

조심스럽게 묻는 윤택.

태양이 한쪽 눈썹을 들어올렸다.

"네가?"

─야, 너무 무시하지 마. 윤택도 나름 C등급 플레이어야.

"클랜을 버리고?"

"아하하, 클랜을 버리는 건 아니죠. 잠시 짐을 내려놓고……."

"너 지금 몇 층까지 진행했는데?"

윤택이 잠시 머뭇거리다가 대답했다.

"그, 지금 저 27층 클리어한 상태입니다."

"미쳤냐?"

클랜전은 5층 단위로 플레이어를 모집한다.

하지만 위의 모집군에 해당되는 플레이어도 아래 모집군의 클랜전에 지원할 수 있는 방법은 있었다.

능력을 제약하는 것이다.

20~25층 플레이어가 15~20층의 모집군에 지원하기 위해선 업적치를 30% 깎고, 카드 슬롯 3개를 랜덤으로 봉인 당한 채 플레이해야 했다.

"25~30이면 능력치 30%를 두 번 깎고, 카드 슬롯도 6개가 닫힐 텐데? 1인분 할 수 있겠어?"

"……사실 빌드업이었고, 형님 올라오시면 그때 한번."

태양이 고개를 흔들었다.

"아니, 넌 거기 있는 게 나아."

칼 같은 거절.

윤택은 울상이 되었다.

"왜요."

신전의
원 코인
클리어

"왜긴 왜야. 당연한 거 아니냐?"

태양의 입장에선 윤택이 클랜에 소속된 채 계속 정보를 물어다 주고, 클랜에서 영향력 유지해 주는 게 태양이 움직이기 유리하다.

NPC들에게 지지를 받지 못한다고는 해도, A등급 클랜은 A등급 클랜인 것이다.

특히, 불꽃 '클랜' 안에 태양과 연결될 만한 플레이어 윤택밖에 없는 것도 하나의 이유였다.

당장 클랜장인 KDCR이나 다른 클랜 유력자는 태양이랑 친하다고 볼 수 없는 인물들이다.

"그나저나, 클랜장이랑 부클랜장이랑 간부들이 죄다 접속해 있었던 거야? 대단하네."

"그건 아니고요. 있는 사람들끼리 뽑았죠."

"아, 역시 그렇지?"

"네. 근데 사실 거의 대부분 접속해 있어서 뽑은 사람이 한두 명밖에 안 되긴 해요."

아무튼, 윤택이 클랜에서 빠져나오면 당연히 영향력이 줄어들고, 그럼 마음에 안 드는 짓을 할 때 영향력 행사는 당연히 할 수가 없다.

"넌 안 돼. 거기에 알 박고 있어 줘. 네가 따로 움직인다면 내가 말릴 순 없겠지만, 나랑 같이 움직일 일은 없을 거야."

단호한 태양의 말에 윤택이 시무룩한 얼굴로 고개를 떨어뜨렸다.

"휴, 알겠습니다."

"그래. 이해해 줘서 고맙다. 그 얼굴로 귀여운 척해 봤자 바뀌는 건 없어."

"귀, 귀여운 척한 적 없거든요? 그나저나, 그럼 나머지 한 명은 어떻게 구하시게요?"

그건 뭐.

태양이 자리에서 일어났다.

"다른 방법 있겠어? 몸으로 뛰어서 찾아봐야지."

ㅡ귀찮기는 하지만, 제일 확실한 방법이니까.

원래부터 그러려고 했다.

차원 미궁에는 NPC가 모래알처럼 많다.

ㅡㅋㅋ 이제부터 진짜 달님 주 종목 아님?

ㅡ웬 주 종목?

ㅡ달님 특 : 단탈리안 버스 타기 세계 최고.

ㅡ달님 특 : 보는 눈은 KK 이상.

ㅡ파티 운 개 좋은 거 인정. 별 이상한 인연이 결국 최고급 NPC랑 파티로 이어짐. ㅋㅋ.

ㅡㄹㅇㅋㅋ 파티로 영입한 NPC들 항상 포텐 오지잖어.

ㅡ운도 좋고. 잘한다 싶은 애들 엄청 잘 꼬심.

ㅡ근데 그건 살짝 축캐 느낌이었잖음. 이건 달님이 본체가 아닌데 괜찮나?

물론 대부분의 원석은 클랜이 가로채 가지만, 그렇지 않은 플레이어가 언제나 한둘씩은 있는 법이다.

태양과 현혜가 노리는 것은 바로 그들이었다.

-태양아, 갑자기 어디 나가려고?

"응?"

태양이 머쓱한 얼굴로 뒷머리를 긁었다.

"나가지 마?"

-클랜전 기간까지 밖에 나갈 생각은 고이 접어 두시고. 메시아 님, 보고 있나?

태양이 메시아를 바라봤다.

메시아가 설핏 고개를 꺾었다.

"음?"

-말 좀 해 줘. 저쪽 방송으로 넘어갈 거니까.

현혜가 인재 영입에 움직일 플레이어로 메시아를 낙점한 이유는 간단했다.

란은 V-헤로인 제작 도해를 분석하느라 바빴다.

윤택은 이미 너무 유명하다.

그리고 윤택이 움직이면 태양의 개인적인 영입이 아니라 A급 클랜 '불꽃'의 영입이 되어 버린다.

결국 다 빼고 나니 적임자는 메시아 하나만 남았다.

메시아 역시 노출되면 이목이 쏠리는 건 마찬가지이지만, 다년간의 경험으로 축적된 임기응변과 기술이 있다.

실제로 B등급의 플레이어로서 쉼터를 겪어 본 경험도 있고.

-너랑 같이 못 가는 건 미안하긴 한데. 상황이 상황이니까.

"그래. 뭐, 일하라는 것도 아니고 쉬라는데. 쉬지 뭐."

태양은 의외로 쉽게 행동을 포기했다.

그도 어느 정도 자각은 있었다.

S+등급 플레이어의 등장과 B등급 이상의 플레이어 다수가 클랜을 들어가지 않고 나돌아 다니는 등, 현재의 통합 쉼터 상황은 그야말로 전대미문이다.

굳이 움직여서 긁어 부스럼을 만들 필요는 없다.

"그래도 아무것도 안 하고 앉아 있으라니. 왠지 어색하네."

-걱정하지 마. 메시아랑 잘하고 올 테니까.

왠지 들뜬 듯한, 달짝지근한 목소리와 말투.

태양의 표정이 미묘해졌다.

-ㅋㅋㅋ 이 ㅅㄲ 의식한다.

-표정 야리꾸리한 거 봐ㅋㅋㅋㅋ

-안심하다가 진짜로 뺏기죠?

-난 모르겠다. 난 못 보겠다.

-태양아, 소 잃고 외양간 고치면 수리비만 나오는 거다…

-그러게 평소에 잘했어야지…

현혜가 장난스러운 말투로 되물었다.

-왜, 질투하냐?

"뭘 질투야. 그냥 어색해서 그러지."

-질투하네. 입술 삐죽 내밀고.

"아니거든? 그냥 네가 메시아 쪽 방송으로 넘어간다니까 그냥……. 아, 됐어."

-왜? 계속 말해 보지? 왜?

그때, 윤택이 조심스럽게 끼어들었다.

"그 형님, 말씀 중에 죄송합니다만."

"어, 아니. 아주 적절한 타이밍이야. 말해 봐. 무슨 일이야?"

태양이 윤택의 어깨를 덥석 잡았다.

-엄.

-엄윤택 눈치 드럽게 없네.

-여기서 맥을 끊는다고?

-전형적인 아싸. 얘는 게임 안 했으면 진짜로 굶어 죽었을 듯.

-아니, 하… 이름부터 눈치챘어야 하는데.

-사람 이름이 어떻게 엄윤택이냐?

윤택이 어색하게 웃으며 말을 이었다.

"어, 진짜 별거 아닌데요……. 그 최근에 형님 대회 나가셨지 않습니까."

"무슨 대회?"

"킹피 월챔요."

윤택이 물은 것은 최근 있었던 킹 오브 피스트 월드 챔피언십 결승에 관한 소감이었다.

더불어 만년 2인자인 아이작이 어떻게 지내는지.

"그건 나도 모르지."

그렇다.

윤택의 질문은 정말로 별거 아닌 것이었다.

—감 없는 련... 감 없는 련... 감 없는 련...

—하, 참을 수가 없네.

—진심 내 옆에 있었으면 뒤통수 한 대 ㅈㄴ 세게 쳤다.

—그따위 한심한 질문으로 이 꿀잼각을 엎어?

—엄씨 쳐 내! 엄씨 쳐 내! 엄씨 쳐 내!

—준비되셨죠?

메시아가 주변은 힐긋 보며 옷매무새를 점검했다.

그를 알아보는 플레이어가 있는 것 같지는 않았다.

—하긴 해 온 시간이 있는데.

—이런 거 여러 번 했잖아.

—근데 메시아도 안심은 못 하지.

메시아가 향한 곳은 얼마 전 그가 들어온 곳.

'쉼터 입구'였다.

실제로 '쉼터 입구' 주변에서 어슬렁대는 스카우터들의 눈에는 지루함, 무료함이 비쳤다.

-크. 메시아 달님이 이렇게 합방을 하네.

-ㄹㅇ 상상도 못한 조합 ㄷㄷ

-달님도 달님인데, 메시아도 NPC 낚기 잘 하지 않음?

-얘도 쏠쏠한 편으로 알고 있긴 함.

-ㅇㅇ 달님이 유명하긴 한데 그쪽은 잭팟이 잘 터지는 느낌이고. 메시아는 1인분 잘하는 플레이어 잘 고르는 느낌이야.

-뭐라 그랬더라. 숙련된 전사는 재정비도 효율적으로 한다고 그랬나.

사실 현혜와 메시아가 인재 영입에 일가견이 있는 이유는 명확했다. 둘 다 단탈리안 랭커이면서 따로 소속 없이 움직이는 유저였기 때문이다.

둘은 직접적인 전투, 임무 수행 능력만큼이나 NPC 파티원 영입을 중요하게 생각했다.

실제로 단탈리안은 '일반적으로'는 플레이어보다 NPC의 기량이 더 나은 게임이기도 했다.

여하간, 파티원 영입은 솔로로 단탈리안을 플레이하면서 높은 랭킹을 유지하기 위해서 필수적인 기술이라고 할 수 있겠다.

투웅.

-어, 저기!

"봤다."

'쉼터 입구'의 천장에 불이 들어왔다.

새로운 플레이어가 입장했다는 이야기였다.

메시아가 건물로 다가감과 동시에 플레이어들이 속속들이 나타났다.

'쉼터 입구'는 입장을 불허하는 건물이었기 때문에 이런 광경이 연출되고는 했다.

메시아가 주변을 살폈다.

'아는 얼굴은 없군.'

S⁺등급 플레이어 윤태양이 이미 등장한 탓이 컸다.

고위 클랜 간부들이 나타났던 이유는 각 클랜에 연결된 몇몇 마왕이 언질을 줬기 때문이다. 하지만 반대로, 잡다한 클랜의 스카우터는 훨씬 많이 모였다.

처음으로 등장한 플레이어는 수인족이었다.

격한 전투 끝에 올라온 것인지, 상반신에 검붉은 얼룩이 잔뜩 져 있는 흰색 털의 호랑이 인간.

-? 백호랑이?

-익숙하다?

-ㅋㅋㅋㅋ 혹시 윤태양 방송 자주 봄?

-아, 저거 파카네.

-파카?

-ㅇㅇ 윤태양 몇 스테이지였지? 11인가 12 스테이지에서 만났을걸.

-13임. 시간 생각하면 올라올 때 되긴 했지.

-아니, 파카가 나왔다고?

-쟤도 엄청 잘 싸웠던 거 같은데.

호의적인 채팅의 반응과는 달리 스카우터들의 반응은 차가웠다. 일부 플레이어들은 각인 등급을 보지도 않고 돌아설 정도였다.

"에이, 가축 새끼들 또 올라왔네."

"저건 인간도 아닌 것이 왜 자꾸 올라오는 거야?"

"최소 C 뜨겠지?"

"등급 높아 봤자 뭐 해. 타 종족인데. 난 쟤네나 엘프나 오크나 다른 점을 모르겠다니까."

하지만 플레이어들의 반응은 일관적으로 유지되지 못했다.

[플레이어 파카. A등급. 특기: 격투]

"미친!"

"이거 말이 되냐?"

"A급? 엊그저께는 S⁺급에 A급 플레이어가 나타난다고? 요즘 갑자기 왜 이렇게 터져!"

수인이고 뭐고, B등급 이상의 플레이어는 특별하다.

각인 A등급은 최소 A등급 클랜의 간부부터 S등급 클랜의 클랜장까지 노려볼 만한 포텐을 지녔다는 뜻이었다.

실례로 강철 늑대 용병단의 단장이 A등급 플레이어다.

"야, 너희는 감당되냐? 수인족인데."

"어우, 안 되지."

"그러게 하필 수인이냐. 수인 클랜들만 신났네. 저 꼴을 보니 육식 동물 쪽에서 가져가겠는데."

"B등급짜리 클랜이 A등급 플레이어 가져가게 생겼네. 아! 무슨 짐승 새끼가 A등급을 찍어!"

"우리 애들 스테이지 진입 올 스톱시켜야겠네."

한 플레이어가 문득 중얼거렸다.

"수인계 클랜. 걔네들은 왜 아직도 B급이야? 스테이지에서 만나면 미친 듯이 날뛰던데."

"당장 자기들끼리 단합이 안 되잖아."

"자기들끼리 안에서 종족 가지고 파벌 나누는데 클랜전이 제대로 되겠냐? 저번엔 토끼 놈 3마리 모여서 따로 클랜 만들겠다고 설치더라."

"야. 저 호랑이가 걔네들 다 접수하는 거 아니야?"

"그럼 최소 A등급 클랜 나오는 거지. 근데 되겠냐? 포텐이 아무리 좋아 봐야 신입이지."

상황은 예상대로.

어디선가 나타난 수인족이 파카에게 다가갔다.

-태양 언급하면서 말이라도 걸어 봤으면 좋았을 거 같은데.

-파카 정도면 진또배기지.

메시아가 고개를 저었다.

현혜가 말을 보탰다.

-태양이 파카랑 그렇게까지 친하진 않지. 그리고 친해도 수인이랑 같이 다니는 거 아니야.

"인정한다."

수인족과 같이 움직이는 일은 위험하다.

맹수가 맹수인 이유는 대상을 막론하고 방심하는 순간 목덜미를 물어뜯기 때문이다.

아무리 사람과 친하게 지내더라도 개와 늑대의 느낌이 다른 것처럼, 수인족은 인간과 같이 지내기 어려운 부류였다.

　-하긴 메시아도 옛날에 수인한테 데인 적 있지 않음?

　-많지. 달님도 데인 적 있음. 웬만한 솔로 플레이어들은 다 데여 봤을걸.

　-인생에서 믿지 말아야 할 세 가지. 1. 바람피운 애인의 사과 2. 정치인 선거 공약 3. 수인족.

　-ㅋㅋ 한때는 수인족이 가성비 좋은 파티원으로 통하던 시절이 있었는데.

　-고수용이긴 했지만.

그때였다.

후우우우우웅.

건물의 천장이 다시 한번 빛을 뿜어냈다.

동시에 바람이 느껴질 정도로 많은 마나가 움직였다.

"대규모 입장이다!"

"야! 아까 돌아간 자식 다시 불러!"

"헉, 20명 이상! 이게 몇 달 만이냐. 막내야! 클랜장님 불러 와!"

건물 쉼터 입구에 수십 명의 플레이어가 전송되기 시작했다.

대규모 전송.

'대지 분쇄' 스테이지가 클리어가 클리어된 모양이었다.

메시아가 분주하게 들어오는 플레이어들을 살폈다.

곧 대규모 각인을 통해 저 플레이어들의 기량이 드러나겠지만, 이름과 외모가 매치되지 않는 이상 관찰을 통해 플레이어가 누구인지 구별하는 수밖에 없다.

그때, 메시아의 채팅 창이 폭발적으로 올라가기 시작했다.

-저거 살로몬 아님?

-살로몬?

-윤태양 기차 스테이지 NPC?

['킹피의신아이작' 님이 10,000원을 후원하셨습니다!]

[맞음. 파카, 살로몬, 윤태양. 다 같은 스테이지에 있었음.]

-와;

-살로몬은 플레이어 아니지 않나? 어떻게 올라오지?

-네가 왜 거기서 나와?

현혜는 놀라지 않았다.

아니, 놀라기 전에 먼저 입을 놀렸다.

이성적이라기보다는 본능적인 영역에서 터져 나온 행동이었다.

-메시아, 시선 오른쪽 30도 방향. 금발, 정복 반쯤 헤쳐서 입은 남자. 보여요?

많은 사람이 잘 모르는 사실 중 하나.

스테이지에서 등장하는 NPC가 차원 미궁을 오르는 일은 생각보다 꽤 자주 있는 일 중 하나였다.

일례로 2층에서 태양을 도왔던 NPC 이카르디도 원래는 스테이지에 복속되어 있던 NPC였지만 태양에게 구함을 받고 탑을 오르기 시작했었다.

어쨌든.

현혜의 눈이 빛났다.

지금 중요한 건, 스테이지 NPC가 탑을 오를 수 있느냐 마냐가 아니다.

곧 메시아가 한 남자에게 시선을 고정했다.

"저 남자가 살로몬인가?"

-맞아요. 당장 접근하죠. 대규모 각인 일어나기 전에.

"당장?"

메시아가 눈썹을 들썩였다.

보는 눈이 적어도 수십이다.

그가 살로몬에게 접근한다면 시선이 모일 것이 분명했다.

승냥이 같은 클랜 무리에게 시달리지 않으려면 각인 작업 후에 다가가는 것이 정석이었다.

-빨리!

현혜가 재촉했다.

망설이던 메시아가 마지못해 걷기 시작했다.

분명 일반적인 유저들의 지침으로는 해서는 안 될 짓이었다.

'하지만.'

그렇다고 무시하기에는 현혜의 '영입' 이야기가 너무 유명했다.

─두 마디면 충분해요. 윤태양. 영입.

현혜가 눈을 빛냈다.

살로몬은 마법사다.

심지어 'Endless Express' 스테이지에서 한 세력의 중심부에 있던 인물이었다.

이 정도면 충분히 알아듣고도 남는다. 만약 그가 말을 듣고도 무시한다면, 애초에 태양의 영입을 거절할 사람이라는 뜻이다.

'하지만, 그럴 수 있을까?'

기차 내에서 천재지변으로 일컬어지던 백룡 운타라를 잡아낸 플레이어가 부르는데?

신입 플레이어를 지키는 마족 경비원이 잠시 메시아를 쳐다보았다가 이내 시선을 거뒀다.

그 말고도 다른 신입 플레이어에게 접촉하는 스카우터는 많았다.

─이게 정상이지.

─ㄹㅇ 윤태양 때가 유별났던 거고.

─등급 생각하면 유별날 만하긴 해. ㅋㅋ.

메시아가 살로몬 앞에 섰다.

"뭐야?"

"윤태양, 아냐?"

대뜸 물어오는 메시아의 질문에 살로몬이 인상을 찌푸렸다.

"윤태양의 영입 제의다. 각인 이후, 누가 물어도 이름을 말하지 마라."

"뭐라고? 설명을 똑바로……."

투웅.

미증유의 마력이 메시아의 몸을 밀어냈다.

메시아만 밀어낸 것이 아니었다.

신입 플레이어들에게 접촉하던 모든 플레이어가 건물 바깥으로 밀려났다.

이윽고 시스템 창이 떠올랐다.

[플레이어 오스크 아펭. D등급. 특기: 저주]

[플레이어 아틀라스 오비터. D─등급. 특기: 검술]

[플레이어 백인호. C등급. 특기: 교감]

[플레이어 굴 시어. D+등급. 특기: 베일런트(Baylant) 투술]

……

[플레이어 살로몬 아크랩터. A등급. 특기: 스모크 매직(Smoke Magic)]

V-헤로인

메시아의 차에 탄 살로몬은 란과 같은 추태를 보이지 않았
다.

당연한 일이다.

그의 세계, 'Endless Express'의 문명 진척도는 거의 현대에 근
접한 수준이었다.

해당 정보를 모르는 메시아는 눈을 빛내며 살로몬을 관찰했
다.

살로몬은 무표정한 얼굴로 주변 지형을 숙지하는 모양이었
다.

이내 살로몬은 오히려 메시아에게 되물었다.

"윤태양은 어디 있지?"

"외모와 다르게 성격이 급하군? 걱정하지 마라. 지금 그에게 가는 길이다."

메시아가 아닌 척, 비웃는 어조로 살로몬을 내리깔았다.

살로몬이 인상을 찌푸렸다.

메시아의 말투가 마치 권위 있는 귀족 집안의 허영심 많은 자제와 같은 느낌이었기 때문이다.

'윤태양이 이런 녀석과 같이 다닌다고?'

물론 메시아의 말투는 다분히 의도된 것이었다.

경험을 통해 만들어 낸 '귀족' 출신 플레이어의 말투를 알아 듣는다.

동시에 싫어한다.

'권력 있는 집안에서 자란 플레이어군. 하지만 권위를 싫어 해. 가풍이 고압적이었지만, 오히려 그래서 성격이 더 탈권위적 인 쪽으로 발달한 건가? 입은 모양새를 보아하니 이쪽이 가장 가능성이 높겠군.'

동료로 삼을 NPC의 성향을 분석하는 일은 메시아에게는 기 본적인 작업이었다.

-달님 진짜 대박이긴 하다.

-이걸 건지네.

-A등급 ㅋㅋㅋㅋ.

-얘는 어떻게 되는 거임. 윤태양 따라서 들어가는 거?

-아직 확신은 아닌데 그렇게 될 거 같은데.

신간의
원코어
클리어

그렇게 서로 떠보는 조용한 시간이 지나가고.

끼익.

메시아가 브레이크를 밟았다.

"여긴?"

"여관이다. 네가 알던 것과는 다르지? 봐서 알겠지만, 여긴 그동안의 쉼터와는 다르게 스케일이 크거든."

"오호."

쉼터 건물에 심상치 않은 마력과 엄청난 양의 마법진이 집적되어 있다는 사실을 단번에 간파한 살로몬이 신음을 냈다.

마법사 NPC들이 여관을 발견했을 때 으레 하는 반응이다.

메시아는 살로몬을 적당히 무시하며 절차를 밟았다.

[A등급 플레이어, 살로몬 B등급 플레이어, 메시아가 출입을 요망합니다.]

후우웅.

"오옷?"

여관 내부의 텔레포트 게이트가 발동되자 살로몬의 시선이 단번에 쏠렸다.

메시아가 피식 웃었다.

출신 차원, 지역, 성별을 막론하고 신비를 다루는 직종의 이들은 어쩜 이렇게 한결같은 반응인지.

가끔은 신기했다.

이내 반대편에서 태양의 출입 허가가 떨어지고, 살로몬과 메시아가 태양의 숙소로 공간 이동했다.

"살로몬. 오랜만이네."

"태양!"

살로몬이 태양을 보며 눈을 빛냈다.

태양이 다음 스테이지로 향하고, 살로몬 혼자 남아 'Endless Express' 스테이지에서 다른 플레이어를 관찰하고 다른 스테이지를 올라올 때.

경험이 축적될수록 살로몬은 태양이 대단한 플레이어라는 사실을 체감했다.

'게다가 안면까지 있지. 서로 인식도 나쁘지 않았고.'

살로몬은 스테이지를 떠나오면서 모든 기반을 버렸다.

기차에 숨어들던 '쥐새끼'와 다를 바 없는 상황이 된 것이다.

쥐새끼들이 목숨을 부지하는 방법.

신분을 숨긴 채 가디언이나 엔지니어의 눈에 띄어 승급한다.

아니면 강력한 쥐새끼와 힘을 합친다.

이제는 쥐새끼의 위치가 된 살로몬에게 태양은 여러모로 가까이하면 득이 많을 플레이어였다.

태양이 그런 살로몬을 보면서 씨익 웃었다.

그나저나.

이렇게 필요한 순간 나타나 줘서 고맙긴 한데 말이지.

태양이 살로몬에게 물었다.

"내 기억에 너, 기차에서 최고 권력자 아니었어?"

엔지니어의 수장이자 살로몬의 아버지인 벤자민 아크랩터는 태양에게 치명적 부상을 입었다.

가디언 파의 수장.

군단장 참룡검 구휼은 죽었다.

벤자민이 살아 있다고는 하지만 피붙이.

힘을 합쳤으면 합쳤지 서로 죽어라 대립할 일은 없었을 거 같고.

온전한 전력을 보존한 살로몬 아크랩터가 기차의 권력을 잡을 수밖에 없는 구도였다.

"왜? 앞으로 평생 아무렇지도 않게 떵떵 누리고 살 권리를 포기하고 차원 미궁을 올라오는 결정을 했지?"

태양의 질문은 일견 쓸모없는 것으로 느껴질 수도 있지만, 필요한 과정이었다.

NPC라도 지향점은 모두 다르다.

동료가 될 NPC를 이해하는 것은 중요했으니까.

탑을 오르는 이유와 같은 기초적인 부분은 더욱 더.

살로몬이 담담한 표정으로 대답했다.

"네 덕분에 세계의 비밀을 깨달았기 때문이다."

"세계의 비밀?"

"끝없는 설원으로 이루어진 나의 세계는 그저 이 미궁의 일부에 불과하다는 진실. 그리고 탑의 끝에 오르면 답을 찾을 수 있다는 이야기도."

"오른 사람이 없긴 하지만 말이지."

현혜가 끼어들었다.

-그런데 마왕이 그냥 보내 줬다고?

일반적인 원주민 NPC의 사례를 생각해 보면, 마왕은 NPC가 차원 미궁을 오른다고 하면 막지 않는다.

하지만 살로몬의 경우는 약간 달랐다.

벤자민 아크랩터와의 전투 중에 마왕 키메리에스가 나타나 벤자민을 죽이지 못하게 했던 이유가 무엇이었던가.

아크랩터 일가와 구휼이 한꺼번에 사라지면 스테이지가 정체성을 잃고 붕괴한다고 하지 않았던가.

"많은 일이 있었다."

살로몬이 키메리에스를 떠올렸다.

"물론입니다. '차원 미궁'은 도전자를 마다하지 않습니다. 다만, 조건이 있습니다."

키메리에스가 내건 조건은 간단했다.

벤자민과 살로몬의 역할을 대신할 강자를 키워 낼 것.

세력 구도를 안정적으로 형성시킬 것.

살로몬이 빠져도 'Endless Express'가 전 만큼의 완성도를 유지할 수만 있다면 올라가도 상관이 없다는 게 키메리에스의 조건이었다.

신전의
원코인
클리어

살로몬은 벤자민이 제 발언권을 잃은 틈을 타, 기차의 권력도를 재설계했다.

엔지니어도 '관제실', '기술자'의 두 파벌로 나누고, 가디언에 힘을 실어 3개의 세력을 형성한 것이다.

벤자민이 눈을 시퍼렇게 뜨고 있었다면 견제당했겠지만, 당시의 벤자민 역시 요양하느라 영향력이 없어진 틈을 타 벌인 일이었다.

"그게 돼?"

"어려운 일이었지만, 하니 되더군."

—와, 이제 엔드리스 익스프레스 스테이지가면 새로 바뀌었겠네.

—수동 패치 ㄷㄷ.

—아. 이야기 들으니까 단탈리안 ㅈㄴ 마렵다. ㅜㅜ

—응, 못해.

—어차피 12층 못 가죠?

—최고 성적 24층. 딜러 둘 탱커 하나 모집. 힐러 유저 한 명 구함. 너만 오면 고.

—또 또 자살 충동질하네. 그만해라 이 악마들아!

—아니, 근데 그게 되냐? 들인 시간에 비해 한 게 너무 많은 거 같은데.

현혜가 중얼거렸다.

—거짓말은 아닐 거야.

스테이지에서의 시간과 차원 미궁의 시간은 다르게 적용되는 경우도 왕왕 있었다.

태양이 직접적으로 체감하진 못했지만, 'Endress Express' 스테이지가 그런 예였다.

―실제로 그 스테이지 지나치면서 메시아랑 차이 엄청 좁혔었어. 시간 배율 차이 나는 거 맞을 거야.

살로몬이 입을 열었다.

"나를 영입한다고."

"어…… 아! 그쪽이나 이쪽, 기차 안에서 피차 서로 전력 확인은 했잖아?"

"스테이지를 같이 오르자는 이야기가 맞나?"

"그 부분은……. 음, 설명이 조금 필요하겠네."

태양은 살로몬에게 현재 그의 상황과 통합 쉼터, 클랜에 관해 설명했다.

"그래서, 너는 그 클랜전이라는 싸움판에 끼어들 거다?"

"그래. 너는 팀전에 나랑 같이 출전해 주면 되고."

이득에 민감한 마법사 계열 NPC답게 살로몬은 먼저 인상부터 찌푸렸다.

"그렇지 않아도 네가 충분히 유리한 상황 같은데……."

"제발. 그거 몇 번째 듣는 이야기인지 모르겠어. 내가 원하는 클랜에서 원하는 식으로 플레이하기 위해선 이게 최선이야. 필요하니까 하는 짓이라고."

손사래를 친 태양이 슬쩍 살로몬의 표정을 관찰했다.

그렇게 나빠 보이지는 않았다.

"솔직히, 클랜전은 스테이지를 올라가는 거랑 상관없이 목숨을 걸어야 하는 판이긴 해. 당장 너 정도 각인 등급이면 다른 클랜에서도 모셔 갈 거야."

"그렇다면 나에게 돌아오는 이득은?"

태양이 씨익 웃었다.

"나와 편을 먹고 스테이지를 진행할 수 있다는 것."

좋은 클랜, 멘토, 조언, 아이템 지원.

좋다.

하지만 결국 스테이지에서 가장 크게 도움이 되는 건 파티원이다.

그리고 스테이지 진행도가 같은 플레이어를 찾는 건 생각보다 쉽지 않다.

15층 스테이지의 잠재적 최강자인 태양과 같이 활동.

15층의 플레이어에게는 거부하기 어려운 제안이었다.

살로몬이 뒷주머니를 뒤적이더니 이내 담배를 한 개비 꺼냈다.

"피워도 되나?"

"상관없어."

툭.

검지만 한 두께의 시가에 불이 붙고, 살로몬이 그것을 이내

깊게 들이마셨다.

"쓰읍."

날숨과 함께 연기가 퍼져 나왔다.

연기와 여러 가지 계산이 살로몬의 머리를 스쳤다.

짧은 계산 끝에, 살로몬이 대답했다.

"영입 제의. 승낙하지."

태양이 살로몬의 어깨를 툭 쳤다.

"탁월한 선택이야. 후회는 없을 거다."

메시아가 떨떠름한 표정으로 태양을 바라봤다.

"응? 왜?"

"살로몬은…… 같이 움직일 만한가?"

태양이 어깨를 으쓱였다.

"뭐, 말은 이렇게 해 놨지만, 클랜전에서 아니다 싶으면 떼어 놓고 가야지."

"해 놓은 말이 있는데?"

"걱정이 많네. 야, 걔 A등급이야. 넌 B등급이고. 못해도 너보다는 낫겠지."

태양의 장난스러운 언급에 메시아의 볼 끝이 미세하게 떨렸다.

─ㅋㅋㅋㅋㅋㅋ 아, 윤태양 파티 들어가려면 A급 정도는 되어야지~.

─어딜 B급 따리가 A급 '살로몬'좌한테 비비려고 드냐?

−ㄹㅇㅋㅋ.

지켜보던 윤택이 한마디 보탰다.

"형님, 조심하셔야 합니다. 클랜전에 나오는 플레이어들, 호락호락하지 않을 거예요."

"그래, 조언 고맙다. 윤택아."

<hr />

이후, 태양과 란, 메시아와 살로몬으로 결성된 클랜전 팀원들은 태양의 숙소에서 생활하며 클랜전을 준비했다.

태양이 무려 20골드나 주고 대여한 A급 숙박 시설은 호텔급의 시설에 더해 마나 수련실, 대련장까지 구비되어 있어서 가볍게 합을 맞춰 볼 수 있었다.

"개인전 나가는 건 일단 나. 란은 안 그래서 바빠서 나갈 정신없을 테고. 메시아 너는?"

"안 나간다."

메시아가 딱 잘라서 거절했다.

팀전과 개인전은 달랐다.

팀전의 경우는 업적 개수, 플레이어 각각의 화력 차이가 있어도 어느 정도는 팀 전술로 극복할 수 있었다.

하지만 개인전, 특히 1대1은 이야기가 다르다.

업적 개수가 승패의 절대적인 부분을 차지하는 것이다.

메시아는 야망도 높고, 욕심도 많았지만 그 이상으로 자기객관화가 철저한 사람이었다.

욕심은 욕심이고, 안 되는 건 안 되는 거다.

메시아가 슬쩍 란의 연구소를 바라봤다.

V-헤로인이 제 시간에 나와 준다면, 그리고 흡혈귀화(化)한 캐릭터의 성능이 기대 이상으로 나와 준다면 가능할지도 모르긴 했다.

"살로몬, 너는?"

"나는 나간다."

"괜찮겠어?"

"안 되면 항복하면 되지 않나."

항복도 못 하고 그대로 목이 날아가는 경우도 적지 않긴 한데.

태양이 어깨를 으쓱였다.

살로몬의 마법을 생각하면 그런 경우는 상정하지 않아도 될 것 같았다.

'마법사란 어떻게든 여벌 목숨을 1개씩은 구비해 두는 족속이니까.'

살로몬 역시 메시아처럼 란의 작업실을 바라보며 태양에게 물었다.

"란은 저 안에서 연구하는 건가?"

"응, V-헤로인이라고 있어."

"V-헤로인?"

"자세히 이야기하자면, 흡혈귀를 만드는 비약? 그런 거야."

"오호, 흡혈귀라."

살로몬의 눈빛이 번뜩였다.

"뭐, 아는 부분이라도 있어?"

"기차에도 흡혈귀와 관련된 기록이 꽤 남아 있었다. 서북부 지역 도시들에 흡혈귀가 많았거든. 그쪽을 경유할 때 관련 기록을 꽤 찾아봤었다."

"오, 그럼 란을 도와줄 수 있겠네?"

태양이 반색하자 현혜가 딱 잘라 말했다.

-아서라. 끼워 넣는 건 실례야.

"그런가?"

-최소한 저쪽에 먼저 물어는 봐야지, 바보야. 그리고 안 그래도 란 쪽에서 얼마 전에 거의 다 됐다고 했잖아.

"쳇. 그게 말뿐이니까 그렇지."

-그리고 상식적으로 생각을 해 봐. 란이 쓰는 주술이랑 살로몬이 아는 마법이랑 결이 맞겠어?

태양이 멋쩍게 콧등을 긁었다.

동시에.

쨍그랑!

연구실에서 유리 깨지는 소리가 들려왔다.

사방이 어질러진 연구실 내부.

란이 책을 덮으며 기지개를 켰다.

"흐으으읍! 햐. 좋아, 이러면 이론은 완벽해."

란이 손을 뻗자 한 줄기 바람과 함께 부채가 손에 잡혔다.

이론을 완성했으니 이제 남은 건 실험이다.

마침, 손끝에 닿는 바람결도 왜인지 손에 착 감기는 기분.

컨디션이 나쁘지 않다.

"바로 들어갈까."

란이 긴장된 표정으로 작은 부채를 책상에 찍었다.

파앙.

가벼운 마력 반발 현상이 일어남과 동시에 마법진이 나타났다.

마법진은 란의 연구실 절반 이상을 3차원으로 채웠다.

연구 초반, 3일 밤낮을 새워 가며 마력으로 그려 낸 마법진이었다.

이내 마법진이 발광하기 시작했다.

꿀꺽.

란은 떨리는 손으로 V-헤로인의 핵심이 되는 시료, 혈루석을 집어 들었다.

'이건 하나뿐이라고 했지.'

다른 재료는 몰라도 이 혈루석은 다시 구할 수가 없었다.

혈루석은 흡혈귀를 죽이고 난 직후 사체의 심장에서 피를 뽑아 마나로 액체를 결집시켜야 얻을 수 있는 재료였다.

이건 태양도 구하지 못한, 메시아만 구해 낸 재료였다.

태양은 햇볕을 적극적으로 이용한 전략으로 흡혈귀를 잡아 낸 탓에 혈루석을 추출할 기회가 없었다.

메시아는 인맥을 통해 통합 쉼터의 플레이어 거래소를 죄다 뒤져 가며 겨우 1개의 혈루석을 구해 냈다.

클랜에 들어간 후 클랜 내의 커뮤니티를 뒤지면 1~2개는 더 찾을 수 있을지 모르지만, 그때는 너무 늦었다.

이왕 메시아의 전력을 강화한다면 클랜전 이전에 하는 게 낫다는 판단이었다.

란이 가볍게 부채를 휘둘러 혈루석의 표면에 마나를 흩뿌렸다.

곧 요사스럽게 붉은 결정 표면에 이슬이 맺히듯 액체가 방울지기 시작했다.

'지금.'

파라락.

란의 의지를 담은 바람이 V-헤로인 제작 주술 도해를 넘겼다.

종이에는 란은 의미를 알 수 없는 글자가 적혀 있었다.

'룬어라고 했지. 모양만 따오면 돼. 정확해야 한다.'

룬어는 마법적인 글자였다.

마법적인 기질이 워낙 강력해서 의미를 모르고 음차를 모른 채 형태만 정확하게 베껴 내도 기능할 정도였다.

괴력난신(怪力亂神) - 도깨비 바람.

인간의 정신을 헤집고 환영을 일으키는 도깨비 바람이 룬어의 형태를 그려 냈다.

장시간의 집중 끝에 도해 안에 적혀 있던 글자가 란의 마나로 형상화됐다.

융해.

혈루석이 스르륵 녹아내렸다.

동시에 란이 손을 휘둘렀다.

후우우웅.

연구실 내부에 이리저리 어질러져 있던 시료와 기구들이 저절로 움직이기 시작했다.

마치 마법사 영화에나 나올 법한 괴랄한 장면들.

사실은 괴력난신의 도깨비 바람이 작용한 탓이었다.

란의 손이 V-헤로인의 제작 도해를 따라 움직이기 시작했다.

완벽하게 도해를 따르는 것은 아니었다.

애당초 V-헤로인의 본래 목적은 종속 계약 파기.

하지만 란의 목적은 흡혈귀화(化).

목적이 다른 만큼 가하는 방법도 달라질 수밖에 없었다.

'도해가 완벽했으면 좋았을 텐데.'

태양이 얻어 낸 V-헤로인 제작 도해는 상(上)권이었다.

즉, 하(下)권이 없는 이상 똑같이 따라 한다고 완벽하게 안전하다는 보장이 없었다.

란이 몇 날 며칠을 연구실에 틀어박혀 있었던 이유 역시 도해를 기반으로 안전하게 흡혈귀화(化)를 일으킬 방법을 모색하기 위해서였다.

파스스스.

혈루석에서 가루가 나기 시작했다.

란이 살짝 고개를 흔들어 잡념을 털어냈다.

지금부터가 중요하다.

'이 술식은 혈루석의 성질을 유지하고, 흡혈귀로서의 영혼을 특정하는 술식이었지. 과하게 복잡해. 빼고, 대신 영혼 결집력만 살린다.'

견고하게 묶음과 동시에 힘이 파동이 커서는 안 된다.

란이 '괴력난신 – 도깨비 바람'을 운용하는 도중에 또 다른 풍술을 펼쳤다.

실바람 낚아채기.

실용적으로는 작은 소리를 확대하여 듣는 풍술이다.

하지만 본질을 파고들어 보면 실바람 낚아채기는 공기 중에 퍼진 무언가를 묶고, 끌어오는 술수였다.

스르륵.

마력이 담긴 바람이 조심스럽게 스며들어 혈루석의 영혼 결집력을 탐색한다.

손에 잡히거나 눈에 보이는 영역이 아닌, 중력과 같이 직관적으로 느껴야 하는 영역.

'잡았다!'

란이 손을 쥐었다.

동시에 가루로 빻아 뒀던 드리덴의 뿌리가 혈루석을 뒤덮었다.

그 위에 아크 히드라의 뇌수가 곧바로 그 위를 덮고, 가루와 뇌수가 섞이기 전에 뜨거운 바람이 모양 그대로 형태를 굳혔다.

동시에 빛을 발하던 룬어 '융해'가 허공에서 지워졌다.

란이 다시 손짓했다.

어른의 주먹만 한 혈루석(이었던 짓) 주변에 바람이 휘몰아쳤다.

후우우웅.

연구실의 집기 몇 개가 바닥으로 떨어질 만큼 격한 바람.

란은 신경 쓰지 않았다.

그녀의 눈은 온전히 혈루석에 고정되어 있었다.

태풍이 아무리 강력하게 몰아쳐도 그 눈에는 바람 하나 없이 조용하다.

혈루석 주변에 거친 바람이 불어 대고 있었지만, 역설적으로 현재 혈루석은 진공 상태에 들어가 있었다.

란의 이마에서 구슬 같은 땀방울이 흘러내렸다.

진공을 만들어 내는 일은 어지간한 풍술 중에서도 최고위급 기술이다.

달그락.

진공 상태의 혈루석 위로, 메시아가 구해 온 재료들이 하나 둘 쏟아진다.

물론 도깨비 바람의 인도를 받아 아주 세심하게.

재료가 하나씩 들어갈수록, 선홍빛의 혈루석이 점점 검붉게 물들어 갔다.

그리고 쪼그라들었다.

마지막 재료인 승전(承前)의 석양이 표면을 마감할 때에는 주먹만 했던 석양이 란의 이빨만큼 작아져 있었다.

후우웅.

바람이 잦아들었다.

폭풍이라도 지나간 듯한 연구실.

란이 검붉은 알약을 집어 들었다.

이것이 바로 인간을 흡혈귀로 만드는 V-헤로인이다.

'아, 피곤하다.'

란은 조금 후회했다.

변수를 고려하기 귀찮아서 재료 배합 과정에서 아예 통으로 진공 상태를 만들어 놨는데, 상상 이상으로 집중력이 많이 소모됐다.

그래도 뿌듯했다.

성공했으니까.

'아참. 성과를 확인해야 하는구나.'

생각이 거기까지 미친 란이 씨익 미소 지었다.

문 밖에, 이 약의 성과를 검증해 줄 남자가 서 있을 터였다.

피곤하긴 하지만, 이럴 때는 또 움직일 만하지.

혹시나 흘릴세라 알약째로 꼬옥 주먹을 쥔 란이 연구실의 문을 박차며 소리를 질렀다.

"끝났다!"

콰앙!

동시에 네 명의 남자가 우르르 쓰러졌다.

"으악!"

"문을 왜 이렇게 세게 열어!"

"괜찮나?"

"일이라도 난 건 아니야?"

란이 눈을 동그랗게 떴다.

"뭐야, 훔쳐보고 있었어?"

란이 벌컥 연 문에 이마를 박은 태양이 해당 부위를 문지르며 대답했다.

"아니, 갑자기 막 깨지는 소리가 들려서."

"궁금하면 들어오지."

"들어가도 되는 거였어?"

"내가 언제 들어오지 말라는 이야기한 적 있어?"

그런 말을 한 적은 없다.

"없지. 그렇지. 없긴 하지."

태양이 어버버 하는 사이에 란이 메시아에게 다가갔다.

그리고 주먹을 내밀었다.

"자!"

"어?"

"V-헤로인이야."

V-헤로인을 받아 든 메시아를 중심으로 세 남자가 모여들었다.

"이게?"

ㅡ음, 생긴 건 제수스가 먹었던 거랑 비슷하기는 하네.

하지만 란은 관찰할 시간을 주지 않았다.

빨리 결과를 확인하고 싶었기 때문이다.

"메시아, 빨리 먹어 봐."

"어?"

"네가 먹겠다고 해서 만든 거잖아. 빨리 결과가 보고 싶단 말이야."

태양이 물었다.

"괜찮겠어?"

태양이 얻어 낸 V-헤로인 제작 도해는 완전하지 않았다.

즉, 메시아의 손에 들린 V-헤로인은 란의 개인적인 연구와 해석이 들어간 물건이었다.

심지어 재료 중에서도 몇 가지는 대체 재료를 사용하기도 했다.

윤택도 걱정스러운 목소리로 메시아를 걱정했다.

"강해지는 것도 좋지만, 지금은 걸린 게 있잖아요. 괜찮으시 겠어요?"

란이 한쪽 눈썹을 들어 올렸다.

"뭐야. 내가 만든 약을 못 믿겠다는 거야?"

"아니, 그런 게 아니라. 만에 하나를 생각해 보자는 거지. 미 안. 네 기분을 상하게 하려는 건 아니었는데, 혹시라도 잘못되 면……. 만일이라는 게 있는 거잖아."

보통 이런 작업을 할 때는 신성 마법을 사용할 수 있는 NPC 를 데려오고는 했다.

마리아나 수도회와 같은 힐러 플레이어 NPC라든지, 아니면 통합 쉼터 신전에서 근무하는 치료사 NPC라든지.

하지만 지금은 그럴 수도 없었다.

유능한 힐러 플레이어는 당연하지만 모두 클랜에 소속되어 있어서 접촉할 수가 없었고, 통합 쉼터의 신전 NPC는 신앙심이 깊다.

흡혈귀화(化)를 도와줄 리가 없었다.

"아니, 여기 콘셉트는 마왕의 놀이터 아니야? 왜 악마고 흡 혈귀고 싫어하는 신전 놈들이 나와?"

"마왕의 횡포 때문에 다친 이들을 돕기 위해 자원해서 들어 왔다는 설정일걸요?"

─사실상 마왕에게 보상받지 않은 이들을 위한 설정일걸.

'계약'이 아니더라도 몇몇 마왕은 좋은 성적을 거둔 플레이어에게 장비 등의 보상을 내리는 일이 가끔 있었다.

그 보상을 받는 순간 신전은 해당 플레이어에게 치료 서비스를 제공하지 않았다.

–말하자면 일정 이상의 실력이 되는 유저들에겐 난이도를 올리는 시스템인 거지.

현혜의 보충 설명에 태양이 고개를 절레절레 저었다.

"지독하다, 지독해."

란이 입술을 뿡 내밀었다.

"안 할 거야? 이렇게 만들어 놓고?"

란의 입장에서도 메시아의 태도가 아주 이해가 되지 않는 것은 아니었다.

무려 종을 바꿔 버리는 약이다.

개를 늑대로 만들고, 고양이를 호랑이로 만드는 수준의.

당연히 복잡하고, 위험하겠지.

깜빡하면 그대로 목숨이 날아가는 거다.

"그런데 여기서 더 못 강해지면 태양이랑 같이 다니는 건 절대로 꿈도 못 꿀걸."

란의 말에 메시아가 피식 웃었다.

"그 말도 맞지."

메시아가 V–헤로인을 움켜쥐었다.

"대련장, 잠깐 쓰겠다."

"아, 잠깐."

메시아가 뒤를 돌아봤다.

그를 부른 이는 살로몬이었다.

살로몬이 담배를 꼬나물며 물었다.

"구경해도 되나?"

"뭐?"

"말했잖나. 나도 나름대로 흡혈귀에 대해서 알고는 있다고. 흡혈귀화(化) 관측해 본 적 없지만 어느 정도는 알아. 일이 잘못되면 도움을 줄 수 있을 거다."

메시아가 대답하지 않은 채 살로몬을 바라봤다.

살로몬이 씨익 웃었다.

"너도 따지고 보면 클랜전에 같이 뛰어야 할 동료잖아."

메시아가 무신경하게 고개를 돌렸다.

"도와준다면, 말리지는 않겠다. 하지만 방해하면……."

"의심이 많네. 그거 보기 좋지 않아, 친구. 품위도 없어 보이고."

"……또 구경할 사람 있나?"

"나!"

란이 손을 번쩍 들었다.

─넌 안 보게?

"……나도 굳이 봐야 할 필요 있나?"

─한번 보자. 궁금해.

"그럼 뭐."

신전의
원코인
클리어

어차피 할 것도 없는데.

윤택은 할 일이 있다며 거절했다.

뒤늦게 살로몬을 발견한 란이 목소리를 높였다.

"어, 너! 그! 기차?"

"이제 봤나?"

"뭐야! 어떻게 왔어!"

쿠웅.

낡은 갑옷을 입은 왜소한 체격의 병사가 콜로세움 중앙에 나타났다.

그가 바로 16계위 마왕, 결투의 제파르였다.

제파르가 관중석을 둘러봤다.

거대한 원형 극장의 관중석은 수많은 플레이어로 가득 채워져 있었다.

이유는, 오늘이 바로 클랜전의 대진표가 나오는 날이었기 때문이다.

"많이도 모였구나."

쇠를 긁는 듯한 쉰 목소리가 플레이어의 고막을 울렸다.

관중석에 서 있던 윤택이 인상을 찌푸렸다.

제파르의 목소리는 얼핏 힘이 없는 것 같으면서도 불쾌할 정도로 귓구멍을 파고드는 느낌이 있었다.

아무리 시끄러운 전장이라도 그의 목소리만큼은 들릴 것 같
달까.

제파르가 손을 들어올렸다.

"대진표가 확정되었다. 여느 때와 같다. 한 모집군 당 256명.
본선은 16강부터. 시작은 2주 뒤. 출전자는 시간 확인하고, 불참
은 죽인다. 이상."

제파르가 손을 내림과 동시에 경기장 중앙에 거대한 철창의
벽이 떨어져 내렸다.

콰아아아아아앙!

동시에 글자가 빼곡히 적힌 면포가 내려왔다.

그것이 바로 대진표였다.

윤택의 옆에 앉은 플레이어가 중얼거렸다.

"어? 내가 잘못 봤나?"

"왜 그래? 네 이름이 잘못 적혀 있기라도 해?"

"아니, 그게 아니라."

"왜?"

"1모집군 가장 밑에 적혀 있는 이름, 저거."

다른 플레이어가 눈살을 찌푸렸다.

"뭔데?"

"안 보여?"

"뭐가……. 헉!"

"맞지? 저 이름. 그 S⁺등급 플레이어."

"윤태양이 클랜전에 나온다고?"

플레이어들 사이에서 소란이 일었다.

클랜전

명단을 확인한 플레이어들 사이에서 소란이 일었다.

S⁺등급의 플레이어 윤태양이 클랜전에 참가한다.

15층을 클리어한 상태로.

"장비 보급은? 15층 플레이어인데 했으려나?"

"했겠지. 했으니까 지원한다고 하겠지."

"불꽃 그놈들이 무상으로 넘기는 거 아니야? 뻔해, 빌어먹을 기생충 자식들."

"잠깐만 이거, 기회 아니야?"

10층, 20층대 플레이어들 중 몇몇이 눈을 붉히기 시작했다.

"기회다."

"기회지. 다신 오지 않을 기회지."

가장 반응이 격한 건 21층.

그리고 24층의 플레이어들이었다.

특히 24층 플레이어들의 반응이 더 격했다.

24층은 플레이어의 가치 판단이 끝나는 시기였기 때문이다.

3대 S급 클랜을 위시로 대부분의 클랜은 24층에서까지 포텐을 터뜨리지 못하면, 해당 플레이어에게서 손을 놓았다.

S⁺등급의 플레이어 윤태양.

하지만 현시점에선 고작 15층의 플레이어.

냉정히 말하자면 꺾어도 어디 가서 자랑할 만한 거리는 아니었다.

웬만하면 이길 테니까.

이름값이 꽤 있는 플레이어라면, 지면 쪽만 팔고 이겨도 얻을 게 없다고 느낄지도 모른다. 하지만 이름 없는 플레이어들에겐 태양에게 모인 시선이 목말랐다.

태양을 꺾는다면 적어도 가치 판단을 다시 한번 받을 기회가 주어지리라.

한껏 달구어진 관중석의 사이에서 강철 늑대 용병단의 헤드 스카우터, 안드레가 사납게 웃었다.

"하, 이 새끼 봐라?"

안드레의 옆에 선 중년의 플레이어가 우묵한 눈으로 태양의 이름을 확인했다.

"기회군요."

"가서 찢어. 할 수 있지?"

안드레의 반대편에 있는 젊은 소년이 활기찬 얼굴로 대답했다.

"전문이죠! 맡겨만 주세요!"

소년의 옆에 선 노인이 눈썹에 난 검버섯을 만지작대며 덧붙였다.

"할아비는 걱정이 되는구나. S+등급이라는데."

"쓰읍! 할아버지. 만지지 마시라니까! 큼. 괜찮아요. 제가 처리하면 되죠."

"에고고. 그래, 우리 이키밖에 없구나. 그나저나 저까지 가야 합니까? 삭신이 쑤십니다."

"만날 경우의수는 하나라도 늘리는 게 좋아. 우리만 노리는 건 아니니까."

기이잉.

노인의 등에 대각선으로 매인 바주카포가 동력음을 내었다.

소년이 장난스럽게 콧잔등을 찡그렸다.

"할아버지 애병은 벌써부터 달아올랐는데요?"

"허허, 이놈도 주책이지. 무기라는 놈들은 하나같이 뺄 줄을 몰라. 제 나이를 생각 않고 말이지."

"히히, 그래도 안 돼요. 놈은 제가 먹을 거예요."

소년, A+등급의 플레이어. 이카루스가 개구지게 웃었다.

한편, 관중석 반대편에서 진지한 얼굴로 대진표를 바라보는 남자가 있었다.

천문 클랜의 영입부장. 악도군이었다.

그가 꼿꼿한 자세로 팔짱을 낀 채 근엄한 목소리로 일렀다.

"패배는 용납하지 않는다. 가서, 천문이 어떤 곳인지 똑똑히 알려 주고 와라."

"내가 알아서 해. 오랜만이다? 여기까지 와서 쪼아 대는 거."

방만하게 앉아 있는 산발의 남성이 마찬가지로 방만한 태도로 대꾸했다.

남성이 가볍게 목을 꺾자 다 드러낸 상체의 근육이 역동적으로 꿈틀거렸다.

"저것도 만나야지 알려 주든 말든 하지. 안 그래? 승냥이 새끼들이 몇인데."

"못 만나더라도, 대기실에서 말은 걸어 볼 수 있겠지. 영입의 단초라도……."

말과 함께 남성의 눈빛이 번뜩였다.

"X까. 그건 밑에 애새끼들한테 시키고."

악도군의 이마에 핏대가 솟아났다.

이렇게 말을 끊기는 일이 얼마만인지 기억도 잘 나지 않았다.

하지만 그는 참았다.

바지만 입은 채 근육을 거들먹거리는 남성, 운룡은 악도군에게 그렇게 말할 자격이 있는 남자였기 때문이다.

"너, 자꾸 찍어 누르는 그딴 X 같은 말투로 지껄이면 나도 가만 안 있어. 누가 희생한 덕분에 너희들이 올라갔는데. 어?"

그는 악도군과 같이 천문 클랜의 1세대를 이끌던 플레이어였다.

그리고 위로 올라갈 그들을 위해 야망을 갈무리하고 24층에 주저앉은 남자이기도 했다.

다른 플레이어들이 평하길, 24층의 뇌제(雷帝).

"만나면 어련히 조져 놓을 테니까, 밑의 놈들이나 쪼아. 옆에서 성질 긁지 말고."

※

통합 쉼터 외곽의 한 허름한 클랜 하우스 안에 커다란 덩치의 수인이 앉아 있다.

흰 털에 검은 줄무늬.

백호랑이 인간, 파카였다.

파카가 손가락 사이로 반지를 돌려 댔다.

"이게 A등급 장비 카드라는 말이지."

이내 그가 히죽 웃었다.

콰드드드득.

허름한 건물만큼이나 낡은 탁자가 그대로 구겨졌다.

4인 가족이서 만찬을 차려 먹을 정도로 큰 탁자가 순식간에 파카의 주먹만 한 구가 되었다.

"쓸 만하군."

신곡의 간섭.

마나를 부어 넣은 만큼 공간을 왜곡하는 기능의 반지였다.

"어때?"

"네가 설명해 준 것 이상이군."

"부하는?"

"마찬가지야."

파카의 앞에 마주앉은 곰 인간, 알로가 느긋하게 중얼거렸다.

"내가 쓰기에도 만만하지 않은 장비야. 적응하는 데 시간이 좀 걸릴 거다. 원래 높은 등급의 카드는 길들이는 데 좀 그런 면이 있어."

파카가 코웃음을 쳤다.

"바로 할 수 있다."

"그러면 뭐, 우리야 좋지."

알로는 육식 동물계 클랜, 포식의 클랜장이었다.

그는 클랜원들을 설득해, 클랜의 귀한 장비와 카드를 파카에게 모조리 모아 주기로 결정했다.

신의
원코인
클리어

A라는 등급과 그들 앞에서 보여 준 기량 덕분이었다.

"너만 제대로 성장한다면, 우리 수인족이 결집하는 것도 어려운 일은 아닐 거다."

그리고 그 시작이 바로 지금이고.

콰앙.

그때 클랜 하우스의 문이 터져 나가듯 열렸다.

그리고 표범 인간 들어왔다.

"대진표가 나왔습니다!"

"가져와."

"넵. 아니, 책상이 왜 이렇게 구겨져……. 설마 그거 썼습니까?"

"닥치고 종이나 줘."

"아이고, 이 협탁이 돈으로 하면 얼마냐."

곰 인간 알로가 표범 인간의 우는소리를 들은 체도 하지 않고 대진표를 살폈다.

파카의 거대한 상체를 가뿐히 가릴 만한 커다란 종이를 위아래로 가볍게 훑어본 알로가 고개를 끄덕였다.

"예상대로야. 내가 알려 주는 대로면 다 꺾을 수 있을 거다."

"자신감은 좋군."

"근거는 충분해. 숙이고 산 지 몇 년인데."

꽈드드득.

알로가 커다란 주먹으로 대진표를 구겼다.

곰 인간의 강력한 악력이 종이를 짓누르자 대진표는 곧 형태를 알아볼 수 없는 폐지 뭉치가 되어 버렸다.

파카가 알로를 바라봤다.

"다 외웠어. 왜, 궁금한 거 있어?"

"한 가지."

"뭐?"

"윤태양, 나오나?"

알로가 송곳 같은 이를 드러내며 반문했다.

"그 S⁺급 플레이어?"

"그래."

"나온다."

파카의 세로 동공이 주욱 찢어졌다.

울컥.

수련장 중앙.

흡혈귀화(化)를 진행하던 메시아의 입에서 시뻘건 선혈이 흘러나왔다.

"란? 어떻게 좀……."

후우웅.

태양이 말을 채 끝마치기도 전에 란의 바람이 메시아를 휘감았다.

눈을 꼬옥 감은 란이 바람의 마나로 메시아의 신체를 더듬었다.

'어디지? 뭐가 문제지? 변이 거부 발작 증세는 완벽히 눌렀는데, 도대체 어디서?'

뇌, 심장, 마나 코어.

세 곳 모두 정상이었다.

뒤에서 상황을 지켜보던 살로몬이 중얼거렸다.

"신체의 문제가 아니야."

"뭐?"

"란, 기절이 우선이다!"

"기절? 본인이 운용하지 않으면 이 폭주를 어떻게……."

"빨리!"

란이 얼굴을 찡그렸다.

이건 그녀가 책임을 져야 하는 수술대였다.

하지만 그녀는 원인을 밝혀 내지 못했고, 살로몬은 알고 있는 듯했다.

자존심과 이성 사이에서 잠시간 고민하던 그녀는 결국 선택했다.

후웅.

메시아의 호흡기관 주변 공기가 일시적으로 이동을 멈췄다.

12초.

메시아의 의식이 날아가는 데 걸린 시간이었다.

란이 다급하게 소리쳤다.

"살로몬!"

"이거, 의식이 살아 있어서 생긴 거부 반응이야. 신체가 아니라 정신에서 튀어나온 문제라고."

"뭐?"

"메시아, 흡혈귀가 되겠다고 결심은 했지만 간절하지 않았을 가능성이 커. 아마 필요에 의해서 선택한 거겠지. 정신이 본능적으로 변이하는 신체에 거부 반응을 일으킨 거라고."

시가를 깊숙이 빨아들인 살로몬이 날숨을 내쉬었다.

푸우우우우.

"발작을 잡는 거, 나도 장담은 못 해. 책으로만 봤거든."

"어떻게 하게?"

"방법 있어? 남의 마나 퍼부어서 강제로 중화시켜야지."

살로몬이 손가락으로 메시아가 뱉어 낸 각혈을 찍었다.

각혈 속에 들어 있는 마나 성분을 분석한 후, 정반대 성질의 마나를 만들어 발작하는 부위에 뿌려 댈 생각이었다.

무식하고 비효율적이지만 그만큼 확실한 방법이다.

"올라온 거부 반응만 잡아 주면 내가 처리할 수 있어."

"그것도 못 하면 실망할 뻔했는데, 다행이군."

후우욱.

살로몬이 손짓했다.

연기가 메시아의 입으로 파고들었다.

※

태양은 머리를 쓸어 올리며 의자에 앉았다.

"휴우, 한시름 놨네. 상태는 정상인 거지?"

"응. 상태는 완벽하게 안정됐어. 흡혈귀화(化) 진행도 완벽하
고."

"기량은?"

란이 어두운 낯빛을 한 채 고개를 떨궜다.

"……그걸 모르겠어. 변수가 변수다 보니."

"걱정하지 마. 한 명 정도야. 내가 업고 가면 되지."

태양이 태연한 얼굴로 란을 위로하는 사이, 시스템 창이 떠
올랐다.

[C등급 플레이어, 엄윤택이 출입을 요망합니다.]

후웅.

태양이 돌아온 윤택을 향해 물었다.

"반응은?"

태양이 자세를 바로 했다.

"예상대로였습니다. 형님 한번 잡아 보겠다고 잔뜩 혈안이

되었던데요?"

─그렇겠지. 누군가는 S⁺등급의 플레이어를 꺾었다는 명예를
얻는 거니까.

거기에 더해, 선례가 있다.

S등급 플레이어. 지금은 S등급 클랜 아그리파 기사단의 단
장을 맡은 카인 역시 태양과 같은 상황을 겪은 적이 있었기 때
문이다.

당시 막 통합 쉼터에 들어온 신입 플레이어 카인은 21층의 C
급 플레이어와 시비가 붙었다.

결과는 처참한 패배였다.

당시 카인이 더 좋은 등급의 카드와 아티팩트를 가지고 있음
에도 그런 결과가 나왔다.

원인은 간단했다.

15층에서 막 올라온 신입 플레이어는 완성도가 부족해도 너
무 부족했다. 물론, 그 일은 카인이 통합 쉼터에서 아무런 전력
보강도 하지 않은 채 벌어진 일이긴 했다.

실제로 이후에 18층에서 나온 카인이 24층의 B급 플레이어를
가볍게 요리했으니까.

"확실히. 선례가 있다면 눈에 불을 켤 수밖에 없겠네."

란이 고개를 주억거렸다.

주변의 말에도 태양은 여유로운 표정이었다.

"또 내가 참교육 한번 해 줘야겠네. 알지? 내가 이런 거 전문

신킨의
원코인
클리어

이잖아."

-제발 만만히 보지 말고, 준비 좀 하지? 그러다 깨지면…….

태양이 어깨를 으쓱였다.

"이거보다 더 어떻게? 스테이지도 못 들어가고, 전투 감각도 충분히 끌어 올렸는데."

-그래도 연습을 1분이라도 더 하는 게 낫지 않겠냐는 거지.

"응, 아니야~ 킹피 월챔 결승 2회차 기준 아이작 플레이 타임 내 세 배였죠? 결과는?"

-…….

"그냥 발랐죠? 연습이랑 기량은 정비례 안 해. 제가 증명했습니다. 수고하세요."

-치잇.

현혜가 잔뜩 약 오른 표정으로 모니터를 노려봤다.

몸으로 증명한 놈이 말하니 반박을 할 수가 없다.

분하다.

-제발 지길.

-제발 ㅋㅋㅋㅋㅋㅋ.

-들도 보도 못한 B급 플레이어한테 털렸으면 좋겠다.

-왜 B급임?

-어감이 좋잖아. 그리고 C급 밑으로는 윤태양 못 바를 것 같아. 아무리 24층이라 해도...

남들이 뭐라고 하건, 태양은 당당했다.

그는 할 일을 모두 했다.

더 준비할 게 없을 뿐이다.

['JULLIAQueenOfFist' 님이 100,000원을 후원하셨습니다!]

[찻잔에 냉수 붓고 그 위에 나뭇잎 올렸습니다. 동동. 제발 져라. XD]

-와, 줄리아. 찐이다!!!

-줄리아 눈나아아아아아아아아아!

-줄리아가 누구임?

-킹피 역대 랭킹 3위.

-이젠 2위임.

-?? 아이작 이김? 대회가 없었는데?

-윤태양이 없잖아. ㅋ

['ISSACIK' 님이 100,000원을 후원하셨습니다!]

[패턴 분석. 값을 치른다.]

-갓이작.

-두둥등장!

-너무 상심하지 마~.

-아 ㅋㅋ 상대가 윤태양이잖아~.

-PVP한다니까 킹피 랭커들 귀신같이 모이는 거 보소. ㅋㅋ ㅋ.

-피빕에 미친놈들. ㅋㅋㅋㅋㅋ.

갑작스러운 옛 직장 동료(?)들의 등장에 태양이 괜히 콧등을 찌푸렸다.

"뭐야, 갑자기. 할 거 없나?"

그때 뒤에서 메시아가 나타났다.

안 그래도 창백했던 인상은 아예 백지장이 되었고, 미쳐 보이던 눈은 새빨개져서 더욱 소름 끼치도록 변했다.

무심결에 뒤를 돌아본 태양이 헛바람을 머금었다.

"어우, 깜짝이야!"

모습이 완전히 고전 뱀파이어 영화에 나올 법했다.

당연하다면 당연하다.

뱀파이어가 되었으니까.

메시아가 쓴웃음을 지은 채 손을 흔들었다.

촤르르륵.

그의 손짓에 여관 곳곳에 펼쳐져 있던 커튼이 닫혔다.

"이 정도 빛도 안 돼?"

"혹시 모르니."

"다행이네, 생각보다 나쁜 표정은 아니어서. 상태는 어때?"

"메시아, 나왔어?"

란이 걱정스러운 얼굴로 다가왔다.

"아아, 상태는 나쁘지 않은 것 같다."

메시아의 긍정적인 대답에도 란의 표정은 풀리지 않았다.

"미안해. 흡혈귀화(化) 도중에 부족한 부분이 있었어. 내가 생각하지 못한 거야."

"뭘. 다 감안하고 한 일이다."

"최악의 상황은 막긴 했는데. 살로몬의 말에 따르면 일반적인 단계랑 다른 것 같다고 하던데."

메시아가 눈썹을 들썩였다.

"살로몬이 이 상황을 예상했다고?"

"크게 달라진 부분이 있어?"

메시아가 대답 대신 손을 휘둘렀다.

촤르륵.

란의 허리에 꽂혀 있던 부채가 저절로 펼쳐졌다.

"뭐, 뭐야 이거?"

놀란 란이 눈을 동그랗게 떴다.

바람은 아니다.

메시아의 새빨간 입술이 호선을 그렸다.

"염력이다."

"케헥! 쿱! 뭐, 뭐라고?"

옆에서 차를 한 컵 들이켜던 태양이 사레가 들렸다.

그러고 보니 너무 자연스럽게 커튼을 치기에 저도 모르게 넘어갔다.

염력이라고?

─각성자 on.

─매그니토 on.

─이걸 메시아가 각성하네.

신전의
원코인
클리어

-갑자기 분위기 이능력자.

란이 흥분한 얼굴로 메시아를 바라봤다.

메시아가 차분히 몸 상태를 설명했다.

"살로몬의 말로는 '변이' 현상이 일어날지도 모른다고 했는데, 그가 말한 변이가 아마 이걸 말한 것 같다."

"살로몬! 살로몬 어딨어!"

"아직 안 일어났어. 탈진하고 자러 갔잖아. 저 방에."

"깨워! 깨워야 해!"

방으로 달려 들어가는 란.

태양이 메시아에게 물었다.

"그래서, 전력은 어떤 것 같아?"

"음. 개인전에 참가하지 않은 걸 후회할 정도?"

메시아가 태양을 바라보며 웃었다.

살짝 벌어진 새빨간 입술 사이로, 날카로운 송곳니가 번뜩였다.

태양이 마주 웃었다.

"좋네."

클랜전까지 딱 일주일 남은 시점이었다.

며칠 후.

거대한 콜로세움.

"우와아아아아아아아아!"

"우와아아아아아아아아아!"

결투장 입구에 선 태양이 귀를 후볐다.

"와, 거 더럽게 시끄럽네."

─공간 분절로 관객이 갈려서 이 정도인 거야.

"으엑, 이거보다 더 시끄러워질 거라고?"

─당연한 거 아니야? 물론 네 등급 때문에 사람들이 더 몰리긴 했겠지만. 그렇다고 쳐도 지금 갈린 공간이 100개가 넘을걸?

와, 이 파괴적인 데시벨보다 더 높아질 수가 있다니.

태양이 질린 얼굴로 반대편 입구에 선 플레이어를 바라봤다.

시미터를 든 전사.

온몸의 흉터가 인상적이다.

태양과 눈을 마주친 플레이어가 포효했다.

"죽여 주마!"

사나운 얼굴.

사나운 분위기.

하지만 딱히 긴장되진 않았다.

근거는 있다.

많은 흉터는 사선을 많이 넘었다는 뜻도 있지만, 전투마다 상처를 입었다는 증거이기도 했다.

즉, 어느 정도는 무능하다는 거지.

등급도 C고.

태양이 어깨를 풀었다.

—방심하면 안 돼. 여기에 나온 이상, 최소 한 수는 숨겨 둔 녀석들일 테니까.

"알았어. 방심하지 않고, 되도록 빨리."

256강.

넘어야 할 산이 많다.

체력을 비축해 둬야 한다는 뜻이다.

클랜전은 회복 시간을 위해 경기를 미뤄 주지 않아서, 경기를 빨리 끝내는 게 중요했다.

[윤태양(S⁺) VS 시고르자브(C)]

[결투를 시작합니다.]

—자~ 드가자! 자~ 드가자! 자~ 드가자!

—투신! 투신! 투신! 투신!

—얘들아, 기다려라. 곧 온다.

—큰 거 온다!

철컹!

태양과 시미터를 든 전사가 동시에 중앙으로 뛰어들었다.

용의 분노.

흉터에 무언가 마법적인 처리라도 되어 있었던 걸까.

마나를 머금은 흉터가 높은 명도의 빛을 터뜨려 냈다.

순간 눈살이 찌푸려질 정도.

"헛수작."

태양과 전사는 전투가 시작한 지 채 3초가 지나기도 전에 중앙에서 맞부딪쳤다.

쿠웅.

전사의 발바닥이 대지를 강력하게 디뎠다.

하체가 굳건했다. 중심이 흔들리지도 않았다.

"너, 좀 치는구나?"

"죽어라!"

반달 베기.

짓쳐들어오는 검을 보며 태양이 가볍게 사이드스텝을 밟았다.

"잘 치기는 하는데."

콰아아앙!

반달의 이펙트가 경기장 바닥을 날카롭게 후볐다.

단단하게 다져 놓은 지반 흙이 갈라지고, 축축한 제 속살을 드러냈다.

휘유.

태양이 휘파람을 불었다.

별도의 준비 동작도 없이 이 정도의 위력.

정면으로 받아 냈더라면 피해를 감수해야 했으리라.

물론, '정면'으로 받아 냈더라면 말이다.

쿠웅.

다시 한번 전사의 굳건한 오른발이 대지를 내디뎠다.

"너무 정직하잖아."

쿠웅.

태양이 마주 스텝을 밟았다.

"크아아아아!"

반달 베기.

이번에는 회피가 어렵게, 횡으로 그었다.

어떻게든 맞받아치게 만들어 소모를 유도하는 수.

예상한 상황이었다. 그리고 태양은 뻔히 의도가 다 드러나 있는 수에 당할 플레이어가 아니었다.

콰아아아아앙!

어느새 뒤로 물러난 태양이 허리를 젖혔다.

태양의 코앞을 아슬아슬하게 스쳐 가는 시미터.

부지불식간에 늘어난 간격에 놀라 전사의 얼굴에 당혹이 깃들었다.

"이게 무슨."

당황스럽겠지.

전투에서 가장 중요한 것 중 하나.

스텝.

창천이나 에덴이나 기본적으로 중세 수준의 문명이다.

평범한 수준의 플레이어가 태양이 체계적으로 배운 스텝을 따라올 수 있을 리가 없었다.

초심자의 주먹은 숙련된 권투 선수의 얼굴에 닿지 못한다.

"뭐, 진짜 '제대로 된' 재능을 타고났다면 배움 없이도 커버가 되긴 하지만."

시미터를 든 전사, 시고르자브는 그 정도 수준의 재능은 아니었다.

퍼억.

태양이 전사의 복부를 보디 블로했다.

흥터투성이 전사의 허리가 대번에 '기역' 자로 꺾였다.

"너, 견갑 좋아 보인다?"

연이어 태양이 오른발을 들어 올려 내리찍었다.

뻐억!

아, 살인을 걱정할 필요는 없었다.

시고르자브인지 뭔지 하는 그가 이미 유저인지 여부는 확실하게 조사해 뒀기 때문이다.

꿀꺽

천문(天門)의 장문인, 허공이 시고르자브의 골통을 부수는 태양을 보며 감탄했다.

"확실히 물건은 물건이야."

신린의
원코인
클리어

그의 옆에서 순백의 플레이트 메일을 장비한 기사가 고개를 끄덕였다.

"보법을 배우지도 않았을 터인데, 깔끔하군요."

"배웠다. '천문'의 방식이 아닐 뿐이지."

짚는 보폭이 일정했고, 직관적으로 어떤 형태가 와닿았다.

분명 체계적인 무언가였다.

허공이 슬쩍 고개를 틀어 기사를 바라봤다.

"자네랑은 다르군."

"과연. 준비를 확실히 했습니다. 자신과 상대방의 강점과 약점을 정확히 파악하고 있는 게 보입니다."

기사가 기분 나쁜 기색 없이 웃으며 대답했다.

그의 흩날리는 금발이 조각 같은 얼굴을 쓸어내렸다.

그가 바로 S등급 플레이어이자 S등급 클랜 아그리파 기사단의 수좌, 카인이었다.

"기분 나쁘라고 한 이야기는 아니었네."

"당시에 저는 C등급 플레이어에게 졌었죠. 부끄럽지 않습니다. 제가 부족해서 졌고, 그게 다니까요."

카인이 부드럽지만 동시에 강한 시선으로 허공을 바라봤다.

"천문 출신 아닌 플레이어에게 욕심내는 건 오랜만에 보는 것 같습니다."

"자네 이후로는 처음이지."

"다른 간부님들 설득은 하셨습니까?"

"이번에 마왕 쪽에서 전갈이 들어왔을 때 이미. 그쪽은 어떤가?"

허공의 질문에 카인이 고개를 절레절레 저었다.

"저희는 부정적으로 보고 있습니다. 시기가 좋지 않아요."

"하긴."

인자한 얼굴로 미소 지은 허공이 선선히 고개를 끄덕였다.

바깥에서 보기에 아그리파 기사단이 막 탑에 등장한 신인에게 집중할 여력이 있어 보이지는 않았다.

최상층 원정이 한창이었기 때문이다.

아그리파 기사단은 천문, 강철 늑대 용병단에 비해 훨씬 스테이지 원정에 열정적인 클랜이었다.

"이번에는 빌어먹을 엘프 녀석들이 문제라지?"

"유성이 이를 갈고 있습니다. 천문에서 추가 병력이 안 올라온 지 벌써 세 달째라고요."

"기다리라고 전해."

카인은 대답하지 않았다.

그는 예의 있고 연장자를 대접할 줄 알았지만, 동시에 명예를 모독당하는 행위에는 민감한 사람이었다.

허공이 멋쩍게 웃었다.

"미안하네. 내 실언이야. 요새 하도 밑의 아이들과 지내다 보니."

"아닙니다. 그러실 수 있지요. 제가 처음 탑에 들어왔을 때에도 그 자리에 계셨잖습니까. 어느 방면으로는 이해가 갑니다."

화기애애한 말과 올라간 입가.

하지만 둘의 눈은 그렇지 않다.

허공이 화제를 바꿨다.

"강철 늑대의 20층대 영향력이 많이 늘어나고 있어. 예전보다 많이. 예상보다도 빠르네."

"그러게요. 상층 원정에 나서지 않더니, 그 힘을 여기에 쏟는 군요."

"강철 늑대가 윤태양을 데려가는 건 막아야 해. 놈들은 S⁺등 급을 쥐고도 원정에 올려 보내지 않을 거야."

카인이 자리에서 일어났다.

"동의하는 바입니다. 그가 강철 늑대로 들어가는 건 우리에게나 인류에게나 최악의 선택지입니다."

"하지만 문제야. 줄 건 저쪽이 가장 풍요롭잖나."

"맞습니다."

카인이 가볍게 목례했다.

그에 허공이 섭섭하다는 듯 너털웃음을 지었다.

"이야기나 조금 하려고 했더니."

"저는 이만 시간이 되어서."

"그래, 바쁜 자리지. 그쪽이나 이쪽이나."

카인이 중얼거렸다.

"그가 강철 늑대로 갈 걱정은 하지 않으셔도 될 겁니다. S⁺쯤

되는 등급이면 물질적인 것에 얽매이지 않을 겁니다."

"자네 얘기인가?"

"본인께선 안 그러셨습니까?"

허공이 허허 웃었다.

"더 지체할 수가 없군요. 정말로 가 보겠습니다."

"그래, 직접 출전하나?"

"전 아직 현역이니까요."

누구랑은 달리.

카인이 입가에 잔잔한 미소를 머금은 채 자리를 떠났다.

카인이 사라지고, 허공이 표정을 굳혔다.

허공이 손을 흔들었다.

인파 사이에서 무협계 플레이어가 나타나 고개를 숙였다.

"아그리파에 대한 감시는 유지한다."

"무영각에서는 아그리파가 이번 일에 관여하지 않을 것이라고 했습니다만."

"카인은 혈혈단신이었던 시절부터 우리와 강철 늑대를 동시에 속여 먹고 제 세력을 만든 놈이다. 낌새 없이 일을 벌일 수도 있어. 아무리 생각해도 무시할 수가 없다."

"예."

허공이 말을 이었다.

"그리고 우자와 결경대의 출정은 일주일 미룬다."

"유성 님이 슬퍼하시겠군요."

신편의
원 코인
클리어

"곧 다른 아이들을 추가로 올릴 거라 일러라. 그리고 결경대원은 A등급 클랜들이 섣불리 움직이지 못하게 힘을 싣는다."

남성이 묵직한 목소리로 되물었다.

"힘이라 하면 어느 쪽에……?"

"천문계."

에덴계 클랜들은 아그리파와 강철 늑대의 각축으로 난장판이 될 게 뻔했다.

노인이 말을 이었다.

"도군이에게도 전하고, 다른 아이들에게도 확실하게 일러라. 정신 똑바로 차려야 한다. 이번 영입은 실패를 용납하지 않는다. 알고 있겠지? 그때 카인에게 따라간 아이들 중 절반만 천문에 남았어도 우리의 위상이 지금과 같지 않았을 것이다."

지금의 통합 쉼터는 3강 체제이지만, 허공이 한창일 적엔 천문이 독보적인 존재감으로 유일하게 군림했었다.

허공의 눈에서 푸른 빛이 일렁였다.

"면밀히 조사하고, 확실하게 설득해."

◈

강철 늑대 용병단 소속의 A등급 플레이어인 소년 이카루스가 만면에 미소를 지은 채 경기장에 입장했다.

그리고 맞은편에서는 천문의 산하 A등급 클랜, 미르바 소속의 B등급 플레이어 도요가 이카루스를 보며 인상을 찌푸렸다.

"치잇, 하필 이 시점에……."

이카루스는 도요와 마찬가지로 21층을 클리어한 플레이어였다.

이카루스는 강철 늑대 용병단의 직속.

도요는 천문의 산하.

클랜의 중진 플레이어들이 보기에도 도요는 이카루스에게 한수 밀린다는 평이었다.

도요가 슬쩍 관중석을 바라봤다.

한편에 앉은 미르바 클랜의 훈련부장이 고개를 저었다.

항복은 불허(不許)한다는 의미다.

이카루스가 번쩍 손을 들며 낭랑한 목소리로 외쳤다.

"기분이다! 빨리 끝내 드릴게요! 원래 천문 쪽 사람은 좀 패다가 끝내는데!"

도요의 눈에 황당함이 깃들었다.

놈이 아무리 A등급의 플레이어라지만, 도요 역시 B등급이었다.

저렇게 무시당할 이유는 없었다.

"네놈……."

"운이 좋아, 운이 좋아! 역시 운은 내 편이군! 내가 너무 귀여운 탓인가? 하하!"

밝은 미소.

도요는 이카루스를 보며 곧 깨달았다.

저 남자는 경기장에 들어온 이후 단 1초도 그녀에게 집중한 적이 없었다.

"하, 다음 상대가 윤태양이라 이거지?"

"하하, 그러게요! 이거! 운이 좋아요! 내가 상대하게 되다니!"

잔뜩 자존심이 상한 도요가 서늘하게 웃으며 마력을 끌어 올렸다.

'집중하지 않은 대가, 톡톡히 치르게 해 주마.'

그녀의 특기는 환술이었다.

그녀의 환술은 현실에 간섭할 정도로 강력했다.

환상 속의 괴수에게 팔을 물어뜯기면 실제로 팔이 뜯어져 나가고, 돌에 짓이겨지면 해당 부위가 뭉개졌다.

물론 강력한 환술을 사용할수록 사용자인 도요 자신에게도 리바운드가 극심했다.

그래서 적당히 상대하다가 물러나려고 했는데, 이카루스가 심각하게 그녀의 자존심을 건드려 버린 것이다.

[이카루스(A) VS 도요(B)]

[결투를 시작합니다.]

결투의 시작과 동시에 도요의 눈이 푸른 빛으로 일렁였다.

빙결연회(氷潔宴會).

콰드드드드득.

몽환적으로 반짝거리는 얼음 알갱이가 경기장을 뒤덮었다.

"와아."

"이게 미르바의 도요."

"얼음 봐. 예쁘다. 저 여자가 보조 역할에서 그렇게 유능하다면서?"

"빙결연회. 저 기술, 끔찍하다더라고. 이번 기수에서 돌아와 놓고 정신병으로 은퇴한 녀석이 한 무더기잖아."

도요가 히죽 웃었다.

이렇게 된 이상 리바운드 때문에 다음 경기는 어쩔 수 없이 기권해야겠지만, 어쩔 수 없었다.

'윤태양을 못 잡는 건 아쉽지만, 이카루스 정도면 분전 정도만 보여 줘도 충분하지. 나도 천문으로 올라가려나?'

그녀의 단꿈은, 약 30초간 지속됐다.

천의 날개.

비상.

활검(活劍).

오러 블레이드(Aura Blade).

콰드드드드득!

환상적인 빛깔로 경기장을 수놓은 얼음 환영의 감옥이 깨져 나갔다.

등에 광휘로 번쩍이는 날개를 단 이카루스가 도요를 향해 검

신간의
원코인
클리어

을 겨눴다.

감옥에서 빠져나온 이카루스의 표정은 마치 서릿발처럼 차가웠다.

"너, 심했어. 용서 못 해."

빙결연회는 대상의 가장 끔찍한 기억을 괴수로 형상화하는 환술이었다.

당연히, 대상은 트라우마를 떠올릴 수밖에 없다.

썬 슬라이드(Sun Slide).

화르르륵.

이카루스의 검강에 불이 붙었다.

광휘의 날개가 번뜩였다.

도요가 다급히 손을 들었다.

"항……."

파앙.

단 한 번의 펄럭임.

이카루스가 도요에게 닿는 데 필요한 날갯짓은 그것으로 충분했다.

퍼억.

도요의 머리가 바닥에 굴러 떨어졌다.

"앗, 흥분해서 사고 쳤다. 헤헤."

이카루스가 도요의 머리를 바라보며 다시 웃었다.

강철 늑대의 이카루스, 미르바의 도요.

이름난 두 루키의 대결을 관람하러 찾아온 플레이어는 많았다.

그렇다고 모든 관중석에 사람이 꽉꽉 들어차 있지는 않았다.

당연히 붐비지 않는 곳도 있었다.

바다 한가운데에 있는 섬처럼 자리가 널찍하게 비어 있는 관중석에 세 남자가 앉아 있었다.

강철 늑대 용병단의 단장 실버, 헤드 스카우터 안드레, 그리고 돌격대장 어그레시브 플레티넘이었다.

경기를 본 안드레와 어그레시브가 동시에 인상을 구겼다.

"저 병신이. 또, 또, 또 사고를 치네."

"대장, 저 새끼 바로 징계 때릴까요?"

실버는 대답하지 않았다.

무표정한 얼굴로 이카루스를 바라보고 있을 뿐.

이내 그가 고개를 갸우뚱거렸다.

"이거 좋지 않군."

안드레와 어그레시브가 영문을 모르고 같이 고개를 갸우뚱거렸다.

"뭐가 말입니까?"

"도요를 죽인 것 말씀이십니까? 제가 저쪽 영입부장에게 사과하고 오겠습니다. 휴, 이카루스 저놈 자식을 저거⋯⋯."

안드레가 경기장에서 뒤통수를 만지작거리고 있는 이카루스를 노려보며 중얼거렸다.

아니, 아니다.

실버가 말한 바는 도요의 죽음이 아니었다.

지금 그의 머릿속엔 이카루스가 없었다.

실버는 지금 태양을 생각하고 있었다.

30분 전, 이 자리에서 다른 플레이어를 압살한 태양의 움직임을.

'이카루스 정도면 나쁘지 않은 재능이다. 최상층에서 활약할 수 있을 거야. 하지만⋯⋯.'

이카루스의 검이 과연 태양에게 닿을 수 있을 것인가.

태양이 보여 준 감각적인 움직임이 실버의 머릿속을 어지럽혔다.

실버가 중얼거렸다.

"나만 그렇게 느끼나? 유리?"

"유리?"

"유리 막시모프? 1인 클랜의 그 유리 막시모프요?"

털썩.

어디선가 나타난 유리 막시모프가 무표정한 얼굴로 실버의 옆자리에 앉았다.

"뭐가?"

"알아들었잖나."

유리 막시모프가 대답하지 않고, 경기장을 바라봤다.

시체가 수습되고, 이카루스는 퇴장하고 있었다.

이내 유리 막시모프가 고개를 끄덕였다.

"응, 그쪽 신입이 지겠네."

어그레시브가 영문을 모르겠다는 얼굴로 되물었다.

"갑자기 무슨 개소리십니까? 어떻게……."

"미친놈아!"

안드레가 반사적으로 어그레시브의 뒤통수를 때렸다.

"아! 왜!"

"아무리 그래도 A등급 클랜장님이신데! 말조심 안 해?"

"앗! 죄송합니다!"

유리 막시모프와 실버는 둘의 만담에 반응하지 않았다.

그저 다음 차례로 들어온 태양을 눈에 담을 뿐.

태양의 상대는 D등급의 플레이어였다.

경기 결과는 압도적이었다.

태양의 움직임은 상대보다 빠르지도 강하지도 않았지만, D
등급의 플레이어는 아무런 대처도 하지 못했다.

유리 막시모프가 낮은 목소리로 읊조렸다.

"완벽하네."

사실 아슬아슬한 장면은 많았다.

상대의 창이 태양의 머리를 손가락 하나 간격으로 스쳐 가는 장면도 있었고, 마법 스크롤이 태양의 사지를 묶기도 했다.

하지만 태양은 상대방의 노림수를 모두 적절한 방법으로 대처했다.

그리고 상대의 창은 계속해서 태양의 신체와 가까운 공간을 찔렀으나 닿지 못했고, 두 번째 마법 스크롤은 제대로 사용되기도 전에 파훼되었다.

태양은 전투가 지속될수록 상대방을 더 정확하게 파악해 갔다.

용병단장 실버가 감탄했다.

"카인도 저 정도는 아니었던 것 같은데."

"카인은 어땠습니까?"

잠자코 듣던 어그레시브의 질문에 안드레가 가만히 있으라는 듯 눈치를 주었다.

실버가 대답했다.

"그 녀석은 뭐랄까. 이기는 방법을 아는 느낌이었지. 불리한 와중에 이길 수 있는 단 하나의 가능성을 찾아내고, 잡아내고, 결국에는 이겨 내는."

뻐억.

태양의 주먹이 D등급 플레이어의 머리를 강타하는 소리가 관중석까지 울려 퍼졌다.

실버가 말을 멈추자, 이번에는 안드레가 물었다.

"녀석은 어떻습니까?"

어그레시브가 어이없다는 얼굴로 안드레를 바라봤다.

안드레는 뻔뻔하게 모른 척하며 실버에게 시선을 고정했다.

실버의 눈이 깊어졌다.

"녀석, 윤태양은…… 완벽해. 제 신체가 할 수 있는 최선을 알고, 그 최선을 그대로 이행하고 있어. 마치 기계처럼."

"가진 것을 다 쓰고 있다는 말씀이십니까?"

"그래. 기술의 완벽함도 한몫하지만 중요한 건 저 스펙을 100% 완벽하게 사용하고 있다는 거다. 안드레. 넌 네가 가진 것의 몇 %나 쓰고 있다고 생각하나?"

안드레가 잠시 생각하고는 대답했다.

"적어도 70%는 쓰고 있는 것 같습니다."

"나도 그렇게 생각해. 넌 70% 정도 사용하고 있지. 너뿐만 아니라. 전투에 숙련된 플레이어들이 그 정도다. 아마 50층 이상을 돌파한 플레이어들은 아마 다 그럴 거야."

"그렇다면, 윤태양이 100%를 모두 사용하고 있다는 건 50층을 돌파할 만한 재능……."

"그 전에 생각해 봐야 할 점이 한 가지 더 있다. 안드레. 왜 우리는 70%만 사용하는 걸까. 생각해 본 적 있나?"

실버가 말을 이었다.

"100%를 모두 사용하면 신체에 과부하가 온다. 당연한 일이야. 세상의 어떤 물질이든, 한계까지 몰아붙이면 약해지기 마련이니까. 그렇기에 '생명체'라면 스스로 제 능력의 100%를 발휘할

신전의
원코인
클리어

수 없는 거다."

어느새 D등급 플레이어의 시체에서 루팅을 마친 태양이 희
희낙락한 모습으로 경기장을 빠져나갔다.

"그런데, 녀석은 아닌 것 같아."

실버의 눈이 침전했다.

"그래. 이론적으로 보면 윤태양의 재능이 아주 말이 안 되는
건 아니야. 차원 미궁에서 우리는 업적이라는 시스템을 통해 신
체의 한계를 끊임없이 넓혀 나갈 수 있고, 특히 탑의 초반부에
서는 성장의 폭이 크기 때문에 저렇게 행동해도 무리가 없지.
하지만…… 어떻게?"

일정 정도로 근육을 찢어 놓으면 회복하면서 더 단단하게 붙
는다.

하지만 그 정도가 과하면 세포가 괴사할 뿐이다.

"어떻게 그럴 수 있지? 신체를 한계치까지 몰아붙이지 못하
는 인간의 특성은 몇 천 년 간 진화해 오면서 모든 인류의 몸에
각인된 것이야. 그 제한을 어떻게 저렇게 가뿐하게 뛰어넘을 수
있는 거지?"

유리 막시모프가 대답했다.

"훈련."

"뭐?"

"평생 그런 훈련을 해 왔다면, 아귀가 맞지 않아?"

어그레시브가 미간을 좁히며 중얼거렸다.

"평생 동안 제 신체의 출력을 100% 내는 훈련을 해 왔다고? 그건 말이 안 돼. 그랬다면 저렇게 성장할 수가 없지 않습니까?"

안드레가 고개를 끄덕였다.

"100%를 모두 내고도 신체가 무너지지 않을 방법이 있는 건가?"

"아마 그렇겠지."

유리 막시모프의 통찰은 정확했다.

태양은 '킹 오브 피스트'라는 게임을 통해서, 캐릭터의 출력을 한계까지 끌어내는 훈련을 반복한 사람이었으니까.

유리 막시모프가 자리에서 일어났다.

그러자 실버가 그녀에게 물었다.

"왜지? 이런 걸 지켜보는 취향은 아니잖나."

유리 막시모프는 관중석이 아니라 경기장이 더 어울리는 여자였다.

실제로 아주 오랜 시간 동안 그래 왔고.

"유명하기에 궁금해서."

실버가 피식 웃었다.

"갑자기 나를 보러 온 이유는?"

"널 보러 온 게 아냐."

유리 막시모프가 특유의 차가운 표정으로 말을 덧붙였다.

"그냥. 여기 주변에 사람이 없어서."

"그래. 우리 클랜에 들어오지 않겠다고 한 건 아직도 변함없나? 57층 최초 클리어를 위해 파티원을 모으고 있다는 이야기를 들었다. 도움이 될 텐데."

유리 막시모프는 실버의 이야기가 채 끝나기도 전에 걸음을 옮겼다.

자신의 대장을 대놓고 무시하는 그 모습에 어그레시브가 발끈했다.

안드레가 그를 말리며 실버에게 물었다.

"대장."

"응?"

"근데 그게, 이카루스가 윤태양에게 지는 이유입니까?"

실버가 고개를 저었다.

"이유 중 하나일 뿐이다."

"그렇다면 다른 이유도 있다는 겁니까?"

"그래."

이후, 실버는 눈을 감았다.

안드레와 어그레시브는 더 묻고 싶었지만, 실버에게 더 묻지 못했다.

결투장 입구.

태양이 투덜거렸다.

"쉴 만하면 경기, 쉴 만하면 경기. 피곤해 죽겠다."

—원래 그래. 정신적으로 몰리게 만드는 게 목적일걸?

"아니, 재미있는 경기를 보는 게 목적 아니야?"

—마왕들의 취향은 진부하잖아. 끔찍하고 그런 거지, 뭐. 이번에는 진짜 제대로 준비해야 해.

"그래, 준비 제대로 해야지."

태양이 히죽 웃었다.

[스테이터스: 업적(123) – 솔로 플레이어, 퍼펙트 클리어(No Hit)……]

[보유 금화: 522]

[카드 슬롯]

1. 피를 먹은 카타나(R): 민첩 +1, 근력 +1, 흡혈 +1

2. 수도승의 허리띠(R): 민첩 +1, 근력 +1, 신성 +1

3. 재생의 힘(R): 맷집 +2, 흡혈 +1, 스킬 – 재생의 힘

4. 스칼: 스톰브링어(U): 민첩 +2, 영웅 +1, 검사 +1

5. 수도사의 굳건한 신념(R): 신성 +2, 무투가 +1

6. 소림 고승의 도복(R): 무투가 +2, 신성 +1

7. Closed

[스킬 – 혈기충천(血氣充天): 통각을 마비시키고 신체 전반의 기능을 강화한다.]

[스킬 – 재생의 힘: 3초간 거대 뱀 아크샤론의 재생력을 얻는다. (쿨타임 1,200초)]

[스킬 – 스톰브링어(Storm Bringer): 폭풍 소환(暴風 召喚): 폭풍의 정령
군주 아라실이 플레이어 윤태양의 신체에 임합니다. (쿨타임 48시간)]

　　[스킬 – 천근추(千斤錘): 몸의 무게가 천근으로 불어난다.]

　　[시너지]

　　근력(2): 힘 보정

　　무투가(3): 격투기 추가 데미지 보정

　　맷집(2): 체력, 물리 방어력 보정

　　민첩(2/4): 민첩 보정/민첩 추가 보정

　　신성(2/4): 모든 공격에 20% 추가 피해/모든 공격에 20% 추가 피해

　　흡혈(2): 준 피해에 비례해 체력 회복

　　[특전]

　　드래곤 하트(Dragon Heart)

　　종의 기원 살해(흡혈귀): 흡혈 +1

　　환골탈태(換骨奪胎)

　　태양과 이카루스의 결전은 16강이었다.

　　256강 128강, 64강, 그리고 32강.

　　태양은 총 4번의 대결 상대를 만났고, 그중 세 명의 플레이
어를 죽였다.

　　태양의 손에 죽은 플레이어 중 두 명은 24층을 클리어한 플
레이어였고, 한 명은 18층을 클리어한 플레이어였다.

　　본래 클랜전에서 상대 플레이어를 죽이는 일은 흔치 않았다.

클랜 간의 알력, 눈치 싸움이 벌어지기 때문이다.

하지만 태양은 아직 그 어떤 클랜에도 가입하지 않았고, 그런 눈치를 볼 필요도 없었다.

다른 플레이어들은 그런 태양의 행보를 문제 삼거나 좋아하는 모양이었다.

"난 관심 없지만."

태양은 그들에게서 장비와 카드를 루팅했을 뿐이었다.

덕분에 태양은 새로 얻은 카드들로 스테이터스를 최적화할 수 있었다. 기존의 시너지 손해 없이 신성(4) 시너지와 무투가(3) 시너지를 챙긴 것이다.

"가장 큰 건, 무투가 시너지네."

-흡혈 시너지 하나 덜어낸 것도 좋고.

흡혈 시너지는 다른 시너지와 다르게 2개를 모으면 옵션이 있었지만, 그 이상을 중복해서 모을 때는 효과가 없었다.

그리고 장비도 바뀌었기 때문에 현재 태양의 겉모습은 꽤 달라져 있었다.

가장 큰 건, 입고 있는 옷이 천문 차원의 무림계 NPC와 비슷해졌다는 것.

또 그동안 비늘째로 두르고 다니던 아크샤론의 비늘 역시 대장간에서 가공을 통해 내의로 입을 수 있게 되었다.

-한마디로 깔끔해졌다는 거지.

-솔직히 그동안 룩이 좀 불편하긴 했어.

-거지가 기워 입는 것도 아니고.

어허, 거지가 기워 입다니.

태양이 잠깐 채팅에 눈을 팔려 눈썹을 들썩이는 사이, 현혜가 말했다.

-16강부터는 이제 클랜 포인트도 달려 있으니까, 소기의 목적은 어느 정도 이뤘어. 수틀리면 바로 항복해도 돼.

"싫어. 우승할 거야."

-그렇게 닫아 놓지만 말고. 우승하면 좋겠지만 알아만 두라는 이야기야. 심리적 안정감! 응?

태양이 고개를 끄덕였다.

"그래. 이번에는 좀 거물급이라고 했지? 등급이 A라고 했던가?"

-그냥 거물급이 아니야. 강철 늑대 직속이라고.

현혜의 걱정에 태양이 히죽 웃었다.

"알았어. 안 될 것 같으면 항복할게. 그럴 일은 없겠지만."

-그 마지막 한마디만 안 했어도 좀 마음이 놓일 텐데.

콰앙!

현혜의 말과 동시에 철문이 떨어졌다.

[윤태양(S+) VS 이카루스(A)]

[결투를 시작합니다.]

태양이 고개를 꺾으며 걸어 나갔다.

"와아아아아아아아아아!"

"윤태양! 윤태양!"

"너한테 300골드 걸었어! 지면 뒈지는 거야! 너도! 나도!"

"플레이어 킬러!"

귀를 찢을 듯한 높은 데시벨의 함성.

언제 들어도 적응이 되지 않는다.

태양이 인상을 찌푸린 채 반대편에서 나오는 플레이어를 바라봤다.

그와 달리 만면에 웃음이 가득한 소년.

이카루스였다.

"제가 운이 많이 좋네요. 하하! 안녕하세요!"

이카루스는 여유로운 얼굴이었지만, 태양은 방심하지 않았다.

정면에서 맞는 일격이 아니더라도, 15층을 막 클리어한 태양의 내구도는 24층을 클리어한 이카루스에 비해 심각하게 떨어졌다.

이제까지는 단 한 번의 피격도 없이 올라왔다고는 하지만 앞으로도 그럴 수 있을 거라는 보장은 없는 법이다.

'이쯤 되면 업적도 무조건 나보다 위일 테고. 장비 역시.'

태양 역시 다른 플레이어의 장비를 루팅했다고는 하지만, S등급 클랜 강철 늑대 용병단의 전폭적인 지지를 받은 이카루스

신린의
원코인
클리어

에 비할 바는 아니었다.

태양이 대답 없이 경계만 하고 있자 이카루스가 입술을 삐죽 내밀었다.

"재미없네요. 뭐 하고 싶은 말은 없어요?"

"너는 할 말이 많은가 봐?"

"네, 많죠."

"미안한데, 난 들을 생각 없어."

우드득, 우드득.

태양의 손목이 다이내믹하게 꺾이며 소리를 냈다.

"아뇨. 여기서 많이 듣게 될 거예요."

이카루스가 방긋 웃었다.

"먼저 혓바닥을 찢어 드릴게요. 그럼 항복이라고 외치지 못하게 되시겠죠? 그다음에, 제가 하는 얘기 차분하게 들어 보자고요. 꼭 강철 늑대에 오고 싶어지실걸요?"

"씁, 안드레인가 뭔가도 그렇고. 너네는 왜 말을 다 그렇게 하냐? 듣는 사람 짜증 나게."

스릉.

이카루스가 검을 빼 들었다.

천의 날개.

오러 블레이드(Aura Blade).

"탐색전은 시간 아까우니, 바로 갈게요."

펄럭.

이카루스의 등 뒤에서 막대한 마나가 터져 나갔다.

스펙으로 순식간에 밀어붙이겠다는 의지가 선명했다.

태양이 씨익 웃었다.

"마나 자랑이야?"

쿠궁.

태양의 심장에 자리 잡은 드래곤 하트가 맥박하기 시작했다.

장시간 운용한다면 신체에 무리가 가겠지만, 환골탈태도 있고, 결투 역시 오랫동안 지속되지는 않을 터.

태양이 생각을 끝냄과 동시에 이카루스가 덤벼들었다.

파앙!

일순간 선이 교차하고, 태양과 이카루스가 서로를 뒤돌아봤다.

퍼억.

태양의 견갑이 박살났다.

이카루스는 여전히 웃는 얼굴.

화면을 바라보고 있던 아이작이 눈살을 찌푸렸다.

"반응하지 못했군."

그의 옆에 앉은 여성, 줄리아가 제 손가락으로 도톰한 입술을 톡톡 건드리며 되물었다.

"저 정도면 나름 잘 반응한 거 아니야?"

"잘 반응했으면 피했어야지."

['킹피는4연초진부터' 님이 10,000원을 후원하셨습니다!]

신전의
원코인
클리어

[너희들만 알지 말고 중계 좀 해 주세요.]

─ㄹㅇㅋㅋ 합방하라고 모아 놨더니 자기들만 아는 이야기 하네.

─누가 돈 주고 섭외했냐? 알아서 모인 거지.

─아무튼. 방송을 켰으면 우리도 대화에 끼워 줘야지!

─닥치셈. 킹 오브 피스트 레전드 두 명이 모여 주셨는데. 그 냥 감사합니다 하고 봐야지 어딜.

─그러니까 말이야. 어? 나 때는 말이야~ 줄리아가 방송 켜 주면 사흘 밤낮 모니터에 대고 절을 했다~ 이 말이야!

힐끗 후원 창을 넘겨 본 줄리아가 입을 열었다.

"검이 중단을 노렸어. 태양은 발로 쳐 올리려고 했는데 날개 를 이용해서 고도를 높였지."

"그래서 반사적으로 상체를 비틀긴 했는데, 검이 어깨를 스 쳤다."

줄리아가 턱을 괸 채 입술을 삐죽 내밀었다.

"저거 너무 불합리한 거 아니야? 스쳤다고 장비가 박살 나 네."

"단탈리안은 킹 오브 피스트가 아니야. 오히려 RPG에 더 가 깝지."

RPG에서는 레벨이 깡패고, 태양은 쪼렙이다.

불합리할 수밖에 없다.

그사이에 화면 속의 태양과 이카루스가 다시 한번 맞부딪쳤다.

쿠웅.

태양의 발이 진각을 찍음과 동시에 이카루스가 날아올랐다.

예상했다는 듯, 태양이 발을 쳐 올렸다.

스타버스트 하이킥(Starburst High Kick) ― 캐논 폼(Canon Form).

파아앙!

아이작이 그 모습을 보면서 헛웃음을 지었다.

"볼 때마다 느끼는데, 어이가 없군."

"그러게. 처음 쓸 땐 필살기처럼 기라도 모았지, 이제는 뭐."

"저렇게 변형할 수 있는 줄 알았으면 나도 시도해 보는 건데 말이야."

왜 본인은 저런 생각을 하지 못했을까.

아이작이 작게 후회하며 입맛을 다셨다.

콰아아아앙!

이카루스의 검이 내리꽂히면서 지면이 터져 나갔다.

이윽고, 먼지 구름 사이로 사람 한 명이 튀어나왔다.

"쿨럭."

입에서 피를 한 사발 쏟아 내며 튕겨 나온 남자는 태양이었다.

―ㄷㄷㄷ. 윤태양 지나??

―아니. 이거 어떻게 된 거임?

―윤태양 시점으로 보면 안 되냐? 왜 경기장 시점으로 보는

거야?

−윤태양 시점이 더 어지러움. 스펙 너무 높아져서 시점 이동하는 거 보다가 멀미 와.

−ㅇㅇ 윤태양 방송도 지금 3인칭임.

파앙!

이카루스가 다시 한번 태양에게 돌진했다.

태양이 앞으로 진각을 내디디며 검을 피해 냈다.

쿠웅.

"나왔다. 윤태양식 지르기."

적의 호흡을 완벽하게 빼앗으면서 들어가는 태양 특유의 전진 스텝. 킹 오브 피스트의 전문가인 둘이 보기에도 깔끔하게 들어간 초월 진각이었다.

오히려 일반적인 시청자들은 태양의 스텝이 왜 대단한지 알아채지 못했다.

"저 복잡한 동작을 어떻게 저렇게 시의적절하게 끼워 넣는 거지? 패턴도 아니고."

"저 상황에서 저렇게 지르는 게 말이 안 돼. 무슨 심리가 저래?"

초월 진각 − 승룡권(乘龍拳).

거대한 전자기를 머금은 주먹이 이카루스의 턱을 강타했다.

콰아아아앙!

이카루스의 동체가 순식간에 수십 미터 상공으로 떠올랐다.

비상.

활검(活劍).

파아아앙!

비상이 이카루스의 날개에 힘을 싣고, 활검이 신체를 수복했다.

이카루스는 공중에서 자세를 수습한 후 태양에게 검을 내리꽂았다.

태양이 무표정한 얼굴로 그를 바라보다가 옆으로 한 걸음 크게 내디뎠다.

콰아아앙!

초월 진각 – 염라각(閻羅脚).

이카루스의 검이 한 치 차이로 애꿎은 지면을 박살 냈다.

그리고 공격을 실패한 대가로 이카루스의 관자놀이에 염라각이 처박혔다.

뻐억.

드래곤 하트의 막대한 마력이 담겨 있는 발차기.

하지만 이카루스는 고개를 휘청거리는 것으로 충격을 흘어냈다.

그 순간 그의 귀에서 발광하던 귀걸이 하나가 빛을 잃고 스러졌다.

-뭐야. 한 번 막아 주는 거야? 부럽다?

태양이 이죽이며 쿵, 진각을 밟았다.

신권의
원코인
클리어

아이작이 침음을 흘렸다.

−그 기분.

−ㅋㅋㅋㅋㅋㅋㅋㅋㅋㅋ

−아이작 지금 '공감' 해 버렸죠?

−아, 샌드백 시절 PTSD?

['아이작충신3호' was kicked.]

−딸깍.

−너 벤.

−ㅋㅋㅋㅋㅋ 아이작 이제 한국말 잘하네.

−매니저 있음. 사리자.

당혹과 분노로 눈이 시뻘게진 이카루스가 검을 휘둘렀다.

선 슬라이드(Sun Slide).

화르륵.

이카루스의 검에 불이 붙었다.

파앙!

이카루스가 돌진함과 동시에 태양이 몸을 꺾었고, 화염은 태양의 몸을 스쳐만 지나갔다.

−이익!

이카루스가 다시금 검을 휘둘렀다.

후웅, 쩌엉!

때론 피하고, 때론 막아 내고.

파열격.

꽈앙!

비껴가고.

오러 블레이드(Aura Blade).

또다시 스치고.

약 3초 동안 이카루스의 일방적인 공세가 이어졌다.

하지만 태양의 몸에는 단 하나의 공격도 닿지 않았다.

태양이 히죽 웃었다.

ㅡ파열격. 타격 관련 기술이네? 선 슬라이드도 그냥 검에 화 속성 부여, 피해 확장 정도고.

ㅡ네놈!

ㅡ활검은 회복, 비상이랑 천의 날개는 날개 관련 기술. 오러 블레이드는 무기 강화.

파앙!

이카루스의 몸이 쏘아져 나갔다.

태양으로서는 낼 수 없는 압도적인 속도였다.

태양이 간신히 몸을 틀었다. 이카루스에 비하면 느리지만, 그것이 바로 태양의 최선이었다.

그리고 그 움직임은 이카루스의 공격을 피해 내기에 충분했 다.

이카루스는 공세를 퍼부었지만, 여전히 그의 공격은 태양에 게 닿지 않았다.

아이작이 중얼거렸다.

"끝났군."

줄리아가 고개를 끄덕이며 동의했다.

"그러게. 다운로드(Download) 끝났네."

다운로드.

격투 게이머들 사이에 떠도는 용어다.

여러 번의 대전을 통해 상대방의 기술과 심리를 완벽하게 간파하는 상황을 이야기했다.

태양은 말하자면 다운로드의 귀재였다.

수준 높은 경기일수록 패턴을 계속 바꿔 가면서 경기에 임하기 때문에, 다운로드 당했다고 말할 정도로 완벽하게 간파당하는 경기는 적었다.

하지만 태양은 가장 높은 수준의 무대인 월드 챔피언십에서도 몇 번이나 '다운로드'해서 압도적인 퍼포먼스로 경기를 가져가고는 했다.

그의 다운로드는 심지어 경기 도중 몇 번씩이나 패턴을 바꿔도, 새롭게 다운로드해 낼 정도로 빠르고 정확했다.

줄리아가 질렸다는 목소리로 투덜거렸다.

"손을 몇 번이나 섞었다고 벌써……."

줄리아 역시 사람의 마음을 읽는 거 아니냐는 이야기를 들을 정도로 심리 파악에 능한 선수였지만, 태양 정도로 빠르고 정확하진 못했다.

화면 속, 이카루스의 목소리에 물기가 섞이기 시작했다.

-왜! 왜!

-왜긴 왜야.

쿠웅.

태양이 다시금 진각을 밟았다.

-존나 뻔하니까 그렇지.

초월 진각 - 선풍권(旋風拳).

순백의 검사, 아그리파의 카인이 관중석에서 그런 태양을 바라보며 상념에 잠겨 있었다.

'상식 이상이다. 스펙만 올려놓으면 당장 최전선에서 싸워도 될 것 같아.'

그렇기에 조바심을 느꼈다.

아그리파 기사단은 당장 태양에게 물리적으로 제시할 여력이 없었다.

당장 원정을 위해 클랜원들의 장비를 보급하고, 신전에서 다친 이들의 회복을 위해 막대한 골드를 소비하고 있었기 때문이다.

게다가 낮은 스테이지에서의 영향력 또한 강철 늑대에 비해서 높다고 할 수 없는 수준.

카인은 머리를 굴렸다.

물론 아그리파만의 장점도 있었다.

　'클랜원들과의 문화, 교류는 우리 클랜이 최고다.'

　천문 차원의 무림계 NPC들은 제 무공을 전수하는 일을 굉장히 배타적으로 여긴다.

　강철 늑대는 클랜 차원에서 정립한 무리(武理)가 없다.

　그러나 아그리파 기사단은 그렇지 않았다.

　카인은 에덴 출신의 플레이어인 동시에 성장 과정에선 천문 차원의 플레이어들과 친하게 지냈다.

　실제로 클랜 간부들 중 절반가량이 천문 차원 출신의 플레이어일 정도였다.

　카인은 이를 바탕으로 에덴과 천문의 장점을 섞어 놓은 클랜 문화를 만들었다.

　아그리파 기사단의 간부들은 꽉 막힌 천문계 플레이어와 다르게 제 무공을 선뜻 내놓았다.

　카인을 비롯한 간부들은 서로의 기술을 탐닉하고, 조합하고, 발전시켜서 더 나은 기술을 만들어 내었다. 그리고 그 기술을 클랜원들에게 전수하는 것도 아끼지 않았다.

　물론, 믿을 수 있는 클랜원으로 가려 뽑기 때문에 다른 두 S 등급 클랜보다 클랜원은 확연히 적었다.

　만약 태양이 아그리파 기사단에 들어온다면, 카인은 그 기술을 태양에게 아낌없이 전수할 생각이었다.

　"이런 문화가 얼마나 대단한 것인지, 그도 알았으면 좋았을 텐데 말이지."

카인의 중얼거림에, 반대편에 앉은 기다란 흑인 남성이 대꾸했다.

"무공 전수? 그건 천문에서도 충분히 해 줄 수 있지. 다른 플레이어라면 모르겠지만, S+등급의 윤태양인데."

길쭉한 키에 대비되게 마른 체형.

커다란 방아깨비, 혹은 소금쟁이가 연상되는 흑인 남자가 중얼거렸다.

클랜 '불꽃'의 클랜장, KDCR이었다.

KDCR이 팔짱을 끼며 되물었다.

"그래서, 아그리파 기사단의 '불꽃' 적대를 멈추는 대신, 윤태양 영입을 도와달라?"

"불꽃도 언제까지 그렇게 활동 없이 클랜전으로만 등급을 유지할 순 없을 거다."

"그게 우리에게 메리트가 될 거라고 생각하나?"

"3대 S등급 클랜이 모두 너희를 적대하고 있어. 너희가 다시 활동을 재개했을 때, 3대 클랜이 모두 너희를 배척하면 살아남을 수 있을 것 같나?"

KDCR이 입을 다물었다.

사실, 클랜의 해체는 그로서도 고민하고 있는 문제였다.

클랜의 등급은 '클랜 포인트'와 '실적'으로 결정된다.

훨씬 중요하게 여겨지는 요소는 클랜 포인트다.

클랜전을 통해서 얻을 수 있는 이 포인트는 클랜의 등급 유지, 격상에 커다란 비중을 차지하고 있었다.

그리고 실적.

사실 실적은 스테이지에 도전하면서 정말 '최소한'의 요건만 맞추면 되기 때문에 주목하는 경우가 거의 없었다.

하지만 작금의 '불꽃'은 활동을 하지 않아서 실적이 미달되어 가고 있었다.

클랜을 해체하지 않으려면 결국, '불꽃'의 플레이어들도 다시 스테이지에 도전해야 했다.

그때 다른 클랜의 플레이어들이 대놓고 불꽃을 배척한다면?

카인이 지적한 게 바로 이 부분이었다.

물론 아예 스테이지에 도전하지 않고, 클랜을 해체해 버리는 방법도 있다.

하지만.

'좋지 않아. 윤태양만 기다리면서 손가락을 빨고 있을 수는 없단 말이지.'

'불꽃'은 플레이어들의 심리적인 희망이었다.

당장 움직이지 않더라도, 다시 플레이어들이 클리어를 시작할 때 그들을 받쳐 줄 수 있는 기반의 상징.

고민하는 KDCR을 보며 카인이 말을 더했다.

"제휴는 어때?"

"제휴?"

"너희 플레이어와 우리 플레이어의 층수가 맞으면, 같이 클리어하는 거다. 일정을 맞춰서."

"그렇게까지?"

"그래."

카인이 고개를 끄덕였다.

윤태양을 아그리파 기사단으로 끌어들일 수만 있다면, 그것도 나쁜 선택지는 아니라는 계산이었다.

"조건은 당연히, 윤태양의 아그리파 입단이겠지?"

"당연하다. 되기만 한다면 다른 이권도 보장해 줄 용의가 있어."

카인이 주먹을 쥐었다.

경기장에서 퇴장하는 태양의 얼굴이 보였다.

'천문, 강철 늑대. 둘 다 원래 목적을 잃었다. 정말로 탑을 클리어하기 위해선, 우리가 최선이야.'

강철 늑대는 탑의 클리어보다 자신들의 세를 불리는 데 치중한 집단이었다.

천문은 오래된 싸움에 지쳤다.

이제 그들은 탑을 오르는 것보다 무(武)의 완성에 더 집착을 보이기 시작했다.

변질된 것이다.

처음에는 탑을 올라가기 위해 모인 집단이었겠지.

하지만 고여서 썩어 버렸다.

신의
원코인
클리어

익숙하지 않은 공작까지 해 가며, 카인이 윤태양을 영입하려는 이유는 바로 그것이었다.

'윤태양, 너는 어떤 종류의 인간이지?'

카인은 태양이 그와 동류의 인간이기를 진심으로 바랐다.

"우와아아아아아아아아!"

"하인리히가 졌어!"

"뉴비가 하인리히를 이겼다!"

관중석이 또 다시 함성으로 가득 찼다.

모니터를 바라보던 현혜가 머리를 부여잡았다.

―미치겠네. 무슨 이변이 이렇게 많아.

하인리히.

검귀(劍鬼).

강철 늑대의 15~20, 20~25모집군 클랜전을 맡고 있던 플레이어였다.

등급은 B⁺.

최전선에서도 통할 정도의 재능을 클랜 포인트를 위해 고의로 24층에 박아 놓고 클랜전을 전담시킨 것이다.

말하자면, 강철 늑대가 천문의 운룡을 벤치마킹해서 만들어 낸 플레이어가 바로 하인리히였다.

심지어 하인리히는 때로 운룡까지 잡아가며 클랜 개인전 1위를 잡아내기도 할 정도의 실력자였다.

그런데 방금 그 실력자가 막 15층을 클리어한 플레이어에게 졌다.

심지어 그 플레이어는, 태양도 아니었다.

"크헝헝헝헝헝!"

온몸이 피투성이가 된 백호랑이 인간, 파카가 포효했다.

오랜 시간 동안 변함없던 인간족 통합 쉼터의 세력 구도에 금이 가는 순간이었다.

윤택이 안경을 낀 채 클랜 집무실에서 문서를 보고 있었다.

단탈리안은 게임이라지만 무엇 하나 '자동'으로 해결해 주지 않았다.

그래서 서류 작업이 필수적이었다.

당장 '스테이지'에 도전하지 않고 있을 뿐이지, 그 외의 나머지 클랜 활동은 활발히 하고 있기 때문이다.

클랜 하우스 유지에 들어가는 골드 수급에 관한 문제.

'불꽃'과 계약한 장인들의 급여, 클랜 차원에서 운영하는 경매장과 이외 통합 쉼터 내의 여러 건물 관리.

윤택이 하는 일은 현실에서 자산 관리를 하는 것과 진배없는 수준이었다.

똑똑똑.

노크 소리에 윤택이 고저 없는 음색으로 대답했다.

"들어와."

C+등급 플레이어, 에밀리가 서류를 내밀었다.

"이번 분기 클랜전 현황입니다."

"우리 애들? 지금이 8강이던가?"

"예. 1모집군 8강 경기가 30분 뒤에 시작될 겁니다."

"벌써 다 떨어졌나?"

"명운 씨는 살아 있습니다."

명운은 클랜전의 1, 2모집군을 담당하는 플레이어였다.

말하자면 천운의 운룡, 강철 늑대의 하인리히와 같은 역할이었다.

"4모집군은?"

3모집군은 윤택의 몫이었다.

윤택은 16강에서 강철 늑대의 플레이어를 만나 항복했다.

16강 정도면 A등급 클랜의 입장에서는 딱 체면치레를 한 정도로 쳤다.

"4모집군은 클랜장님이 16강에서 떨어지셨고, 나머지는 전멸입니다."

"16강이라니. 높은 층 NPC들 상대로 분전하셨네. 그건 그나마 다행이군."

윤택이 낮게 읊조리며 서류를 살폈다.

곧 윤택의 눈이 침잠했다.

클랜전의 성적이 전체적으로 좋지 않았다.

단탈리안 사태 이후로 성적 그래프는 꾸준한 하향 곡선을 그리고 있었다.

'이런 추세라면 B등급으로 떨어지는 것도 얼마 남지 않았군.'

기울기가 급격하지는 않아서 그동안 어떻게든 버텼으나, 파국은 다가오고 있었다.

어쩔 수 없는 노릇이다.

게임에서의 목숨이 곧 현실에서의 목숨과 직결되는 이상, 플레이어들은 클랜전에서도 당연히 몸을 사릴 수밖에 없었다.

클랜전에서 상대 플레이어의 목숨을 빼앗지 않는 게 관례였기에 망정이지, 요즘의 태양 같은 플레이어가 많았다면 그조차 나오는 사람들이 없었으리라.

명운이 8강에 들어와 큰 포인트를 벌어 준 덕분에 이번 분기에도 간신히 A등급을 턱걸이로 유지하는 형편이었다.

에밀리가 조심스럽게 물었다.

"저기, 윤태양 플레이어 영입 건은……. 우리 쪽으로 올 가능성은 아예 없는 겁니까?"

툭.

윤택이 서류를 놓고 에밀리를 지그시 쳐다봤다.

에밀리가 슬쩍 눈을 돌리며 대답했다.

"클랜장님도 그렇고, 다른 간부님들도 그렇고 궁금해하시는 눈치입니다."

"물어보긴 했는데, 대답은 안 돌아왔어."

"부장님이 그래도 친분이 있으시니까. 여쭤봐 주시면 안 되겠습니까?"

"물어봤다니까? KDCR 형이 그래? 영입하라고? 아니, 아니겠네. 어디로 갈 건지 행선지나 알아 오라고 난리겠네."

윤택의 말에 에밀리가 고개를 푹 숙였다.

무슨 상황인지 뻔했다.

KDCR의 성질은 유명했다.

"미안한데, 나도 명확하게 아는 건 없어. 어디가 좋을지 간 보는 거 도와주기는 했는데, 그래 봐야 행선지는 명확하잖아? 천문, 강철 늑대, 아그리파. 셋 중 하나 골라서 가겠지."

"S등급 클랜으로 가는 건 확정입니까?"

에밀리의 말에 윤택이 어깨를 으쓱였다.

"가능성이 크다뿐이지. 내가 뭐라고 확정을 하나?"

에밀리가 슬쩍 고개를 들어 그를 바라봤다.

설명을 보충해 달라는 뜻이다.

뭐라도 보고할 거리를 만들어 달라는 뜻이겠지.

윤택이 속으로 한숨을 내쉬며 이미 KDCR도 알고 있을 원론적인 이야기를 내뱉었다.

"A등급으로 갈 가능성도 아주 배제할 순 없겠지. 어차피 태양이 형 입장에서 중요한 건 클랜 시너지일 테니까. 어쩌면 A 등급 클랜 중에 필요한 클랜 시너지를 따라 가입할지도 몰라."

S등급 클랜이든 A등급 클랜이든 클랜 시너지는 하나씩 추가 된다.

종류의 문제일 뿐.

천문은 민첩, 강철 늑대 용병단은 근력, 아그리파 기사단은 맷집.

"일단 태양이 형 캐릭터를 생각해 보면, 마나통을 워낙 넓혀 놨으니 지력을 올려 주는 위치스도 꽤 가능성이 있어. 세트 메 뉴로 란도 데려갈 걸 생각해 보면, 향후 기량 발전도 꽤 탄탄하 게 챙겨 줄 수 있는 곳이고."

"S등급 산하로 쌓여 있는 A등급 클랜은 당연히 배제하고, 단 테 상회도 배제되겠군요."

"그래. 단테 상회의 아그니 시너지는 최악이지. 장인들 아니 면 그 시너지를 어디다 써? 아, 정령사들도 쓰겠구나. 하여튼 형 이랑은 궁합이 최악이지. 음. 생각해 보니까 시너지만 보자면 마리아나 수도회도 꽤 탐나겠네. 거긴 신성이잖아."

태양은 이미 신성을 5파츠나 모았다.

카드 슬롯이 부족해서 모두 장착하지 못하고 있을 뿐.

만약 태양이 7번째 카드 슬롯을 열고 마리아나 수도회에 가 입한다면, 신성 6시너지를 열 수 있었다.

"저도 이야기를 들었던 것 같습니다. 윤태양 플레이어가 모은 신성 시너지가 꽤 된다고."

흡혈 시너지와 같은 특수한 경우를 제외하면, 대부분 시너지는 '6개째'에 특수 능력이 붙었다.

검사, 총잡이, 무투가와 같은 직업 시너지의 경우는 일괄적으로 '방어 무시 데미지'를,

스텟 시너지는 근력의 경우 '잠력 폭발', 민첩의 경우 '시간 가속'과 같은 능력들이다.

"신성 6시너지는 '대천사 강림'이지. 소환 계열 스킬에, 마나도 충분히 많으니 형이랑은 궁합이 맞아."

플레이어의 카드 슬롯은 최대 7개다.

여러 시너지를 효율적으로 채우려다 보면 6개의 시너지를 채우는 일은 굉장히 어려운 일이었다.

특수 능력을 얻는다고 해도, 나머지 시너지를 모두 포기해 버리면 캐릭터의 능력은 크게 반감될 수밖에 없기 때문이다.

그래서 6시너지로 얻는 대부분의 특수 효과는 강력했다.

에밀리가 진지한 얼굴로 고개를 끄덕였다.

"만약 그렇다면, '유리 막시모프' 클랜에 가입할 수도 있겠군요."

"엥?"

"그쪽도 신성 시너지잖습니까."

윤택이 고개를 절레절레 저었다.

"그쪽은 장비 지원이 전혀 안 되잖아. 1인 클랜인데."

윤택이 클랜을 되새기며 이야기를 정리했다.

"대충 S등급 클랜 3곳. 위치스, 마리아나 수도회. 이렇게 5개 정도 되겠네."

"감사합니다, 부장님. 클랜장님께 뭐라도 드릴 말이 생겼네요."

"아니야. 네가 항상 고생이 많지."

에밀리가 수줍은 얼굴로 윤택에게 다가왔다.

윤택이 의아한 얼굴로 에밀리를 바라봤다.

"왜?"

"개인적으로 드리고 싶은 질문이 있는데……."

윤택이 스읍 하고 숨을 멈췄다.

가까이서 보니 에밀리의 볼이 상기된 것 같기도 했다.

아, 그런 건가?

반해 버린 건가?

하긴, 나 같은 남자랑 몇 달 동안이나 얼굴을 맞대면서 일하는데 반하기에 충분한 시간이지.

윤택이 훗 하고 웃는 그때였다.

"윤태양 플레이어가 우리 클랜으로 올 확률은 아예 없는 건가요?"

"뭐?"

"제가 개인적으로 윤태양 선수의 팬이거든요."

에밀리는 부끄러운지 제 두 손가락을 조물조물하면서 말을 이었다.

"영입이 아니더라도, 한 번쯤 클랜 하우스에 들러 주실 수는 없으신지……."

현실은 보통 버티기 어려울 만큼 차갑다.

윤택이 조용한 목소리로 대꾸했다.

"한번 물어볼게."

"감사합니다!"

"나가 주겠어? 난 서류를 더 살펴봐야 할 것 같은데."

"네, 부장님."

에밀리가 반듯한 자세로 윤택에게 인사하고 집무실을 나섰다.

"크응."

윤택은 괜히 문을 바라보다가 코를 한 번 훌쩍이고는 서류에 시선을 옮겼다.

"8강인가."

이번 클랜전 1모집군은 말 그대로 이변의 연속이었다.

태양을 비롯해서 15층을 막 클리어한 스펙으로 8강에 오른 플레이어가 총 세 명이나 되었기 때문이다.

〈클랜전 1모집군 8강〉

1경기: 다이달로스 vs 파카

2경기: 운룡 vs 하오

3경기: 매튜 아이언핸드 vs 구명운

4경기: 살로몬 아크랩터 vs 윤태양

윤태양, 살로몬 아크랩터, 그리고 수인족 파카.

거기에 더해 강철 늑대의 하인리히가 8강에 들지 못한 것 역시 이례적인 일이었다.

세간에선 S⁺등급인 윤태양보다 하인리히를 꺾은 파카가 더 강한 것 아니냐는 이야기도 나돌았다.

"파카랑 살로몬이 너무 잘해 줘서 상황이 더 복잡해졌단 말이지."

이례적으로 루키들이 쏟아져 나오는데, 이들을 손에 쥐는 자가 없었다.

심지어 S등급 클랜도 헛물만 켜는 상황.

클랜들의 몸이 달아오를 수밖에.

놀라운 건 이런 상황에서 이들의 영입 여부가 거의 모조리 태양의 손에 달려 있다는 점이다.

A등급 플레이어이자 클랜전 8강의 주역인 살로몬을 비롯해서, B등급 플레이어 란과 메시아까지.

윤택이 헛웃음을 지었다.

"15층을 막 클리어한 플레이어가 통합 쉼터를 좌지우지하다니."

지금 시점에서 통합 쉼터에서 가장 영향력 있는 인물은 태양이 되었다. 눈으로 보고도 믿을 수 없는 비현실적인 상황이다.

똑똑.

다시 한번 집무실에 노크 소리가 울렸다.

"에밀리입니다."

"들어와."

에밀리가 빠른 걸음으로 윤택에게 다가왔다.

"8강 대진표 보셨습니까?"

"방금 확인했어."

"경기 끝났습니다. 1경기는 파카, 2경기는 운룡이 올라왔고, 3경기는 명운 씨가 올라왔습니다. 4경기는 살로몬이 기권, 윤태양이 올라왔고요."

"오. 그거 잘됐네. 아니, 명운이한테 기권하라고 해야 하나?"

"아마 그럴 것 같습니다. 그리고."

에밀리가 침착한 어조로 말을 덧붙였다.

"손님이 왔습니다."

윤택의 눈빛이 바뀌었다.

손님.

A등급 이상의 클랜이라는 뜻이다.

"직위가?"

"클랜장님이십니다."

"KDCR 형은?"

"아직 안 돌아오셨습니다."

"귀찮아졌네."

윤택이 신경질적으로 뒷머리를 긁었다.

클랜 입장에서 재정적으로는 이득이다.

로비란 결국 뇌물을 찔러 주는 일이니까.

태양과 관련해서 로비를 받는 건 태양도 허락한 일이었다.

애초에 그 과정을 통해 몸값을 불리는 것이라고 이야기하기도 했다.

게다가 수수료도 50% 떼어 받고.

"그래서, 어느 클랜이야?"

윤택의 머리에 여러 클랜 이름이 스쳐 지나갔다.

위치스. 혹은 마리아나 수도회?

위치스는 두 번이나 왔으니 아니겠고.

달칵.

에밀리가 대답하기도 전에 집무실 문이 열렸다.

"어엇?"

손님을 확인한 윤택의 눈이 동그랗게 확장됐다.

⁂

클랜전 제1모집군 4강.

불꽃의 플레이어, 명운이 손을 들고 외쳤다.

"기권하겠습니다."

신컨의
원코인
클리어

"우우우우우우우우우!"

"거머리 자식! S⁺등급의 환심을 사려고 자존심을 버리냐!"

"한심하다!"

"스테이지에 올라오기만 해 봐! 불꽃 새끼들!"

"역겨워서 봐줄 수가 없네!"

"제파르! 윤태양 거품을 걷어 내라고! 8강에서도 기권, 4강에서도 기권이라니! 싸우지 않고 증명하는 순위는 불공평하다!"

명운의 기권에 플레이어들의 반발이 치솟았다.

관중석의 가장 위에서 결투를 관망하던 마왕 제파르의 표정역시 썩 마음에 들지 않아 하는 듯했다.

하지만 규칙은 규칙이다.

"고맙다."

"아닙니다. 싸워도 제가 졌을걸요?"

태양이 피식 웃었다.

"그렇게 생각해 주는 것도 고맙고."

그것과 관계없이, 명운과 싸웠다면 크든 작든 상처를 입고, 전력에 손실이 있을 수밖에 없었다.

-대진운이 좋았어. 8강에 살로몬, 4강에 명운. 두 경기 연속으로 쉬는 건 확실히 의미가 있지.

"그러게."

이카루스를 제외하면 그렇게 강하다고 할 만한 상대는 없었다.

하지만 그런 이들이라도 태양이 마음 놓고 상대할 만한 상대는 아니었다.

태양은 한 명을 상대할 때마다 적지 않은 체력과 정신력을 소모해야 했고, 체력을 회복하고 정신을 추스를 수 있는 휴식 시간은 꿀과 같았다.

"다음은 파카인가?"

―응, 운룡이랑 파카.

방금까지 태양이 서 있던 경기장에 두 플레이어가 들어왔다.

화려한 비단옷을 걸친 거친 인상의 남자, 운룡. 그리고 온몸에 상처와 핏자국이 가득한 백호랑이 인간, 파카.

"쟤도 진짜 처절하게 올라오네."

―잘 봐둬. 쟤네 둘 중 하나랑 붙어야 하잖아.

"둘 중 하나? 아니, 운룡이 올라오겠지."

16강에서 검귀 하인리히.

8강에서 이카루스에 버금가는 루키 플레이어 다이달로스.

회복할 시간 없이 빡빡하게 운영되는 클랜전의 특성을 생각하면 파카의 몸 상태가 정상일 리 없었다.

심지어 앞의 상대와 싸운 피로를 그대로 누적한 채 만나야 하는 상대가 1모집군에서 가장 압도적인 스펙을 지닌 운룡이다.

파카는 강했지만, 대진운이 나빠도 너무 나빴다.

"관건은 그거네."

태양이 의자를 당겨 앉았다.

"파카가 운룡의 카드를 얼마나 꺼내 줄 것인가."

[운룡(B⁺) VS 파카(A)]
[결투를 시작합니다.]

먼저 움직인 것은 운룡이었다.

운룡은 제 근육질의 몸을 감싸고 있던 비단옷을 집어 던졌다.

비단옷이 넓게 퍼지며 파카의 시야를 차단하는 사이, 운룡의 몸이 뇌광(雷光)에 휩싸였다.

천제지공(天帝之工).

파지지직.

천제(天帝)의 공부, 번개가 운룡의 손에 잡혔다.

그 모양이 꼭 장비가 휘둘렀다는 장팔사모와 닮아 있었다.

"운룡, 무투가인 줄 알았는데."

─적수를 만날 때만 창을 쥐거든.

"적수라. 파카가 적수라는 건가?"

─파카는 하인리히를 잡았잖아. 하인리히를 상대할 때도 창을 쥐는데, 당연한 거지.

파카가 털을 바짝 세우며 긴장하는 사이, 운룡을 창을 내질렀다.

정의행(正義行) 1식 ─ 통천(通天).

뻐엉.

공기가 터져 나가는 소리와 함께 비단이 꿰뚫렸다.

태양의 미간이 모였다.

"저거."

―스킬화(化)야. 차원 미궁 내부에서 얻은 스킬이 아니라, 무공을 스킬화(化)한 거.

파카가 동시에 주먹을 쥐었다.

그의 손에 끼워져 있던 반지가 번쩍하고 빛났다.

신곡의 간섭.

꽈드드드득.

파카 주변부의 공간이 왜곡되며 운룡의 전창(電槍)이 기묘한 각도로 구부러졌다.

"호오."

입술을 비튼 운룡이 새로 전창(電槍) 뽑아냈다.

아티팩트를 다루는 데 익숙하지 않은지 파카가 '신곡의 간섭'을 갈무리하는 사이 시간이 길었다.

운룡은 틈을 놓치지 않고 다시 한번 창을 꽂아 넣었다.

정의행(正義行) 2식 ― 관심(貫心).

파지지지직!

같은 찌르기지만, 통천과 다르다.

통천이 공간을 통째로 터뜨리며 밀어내는 느낌이었다면, 관심은 심장을 관통하기 위해 일점(一點)에 힘을 모은 일격이었다.

"크아앙!"

파카는 피하지 않고 마주 달려들었다.

콰드드드득!

번개의 창이 사나운 소리로 공기와 함께 파카의 옆구리를 찢어놓는다.

척 보기에도 작지 않은 상처.

운룡이 파카를 보며 중얼거렸다.

"놈, 판단이 좋구나."

"네가 뻔한 거다. 인간."

대신 파카가 취한 것은 한 번의 공격 기회였다.

우드득.

파카의 손아귀가 운룡의 어깨를 붙잡자 심상치 않은 뼈 소리가 울렸다.

블러드 펌프(Blood Pump).

파스스스.

-강화?

"쟤도 나름 15층 동안 얻은 게 있었겠지. 클랜도 들고."

파카의 몸에서 김이 모락모락 피어오르기 시작했다.

몸속의 혈액을 빠르게 돌려 신체를 강화하는 유형의 기술인 모양이었다.

운룡이 무릎을 들어 파카의 복부를 가격하려 했으나, 파카의 주먹이 운룡의 얼굴을 먼저 강타했다.

뻐억.

운룡의 몸이 빨랫감처럼 털렸다.

이어서 파카가 운룡을 그대로 메다꽂았다.

"크아아아!"

콰아앙!

의식은 있는 것인지 최소한의 낙법을 펼쳤지만, 그뿐.

파카가 그대로 운룡의 허리를 깔고 앉았다.

운룡이 마운트 자세를 허용한 것이다.

파지지지직!

운룡의 몸에서 뻗어 나온 강력한 번개가 파카의 몸을 지졌으나 파카는 버티며 양 주먹을 운룡에게 꽂았다.

콰앙!

콰앙!

밑에 깔린 운룡이 허리를 꺾어 파카의 주먹을 피했다.

지켜보던 태양도 감탄을 표할 정도로 놀라운 움직임.

애꿎은 지면이 파카의 주먹질에 쩌저적 갈라졌다.

미꾸라지 같은 운룡의 움직임에 파카가 이를 드러냈다.

그의 왼손에 끼워진 반지가 다시 한번 번뜩였다.

신곡의 간섭.

콰드득.

"크윽."

운룡의 등허리가 바닥에 그대로 접착된다.

운룡은 곧바로 공력을 운용해 인력(引力)을 무력화시켰지만, 이미 파카의 주먹이 운룡의 턱까지 짓쳐 들었다.

　콰앙!

　"우와아아아아아아!"

　"파카! 파카! 파카! 파카!"

　"이봐 운룡! 너까지 수인에게 지는 거냐! 천문 이름이 아깝다!"

　"으하하하하! 인생 역전이야! 인생 역전이라고!"

　관중석이 광기로 물들었다.

　"크헝헝헝헝헝헝!"

　파카가 포효를 내지르며 다시금 운룡에게 주먹을 내리꽂았다.

　콰앙!

　운룡의 몸이 끈 떨어진 연처럼 덜컹거렸다.

　옆구리를 통째로 내어 주며 잡은 기회였다.

　여기에서 끝내야 했다.

　다시 한번 파카가 주먹을 들어 올렸다.

　"기회를 주지. 항복해라."

　파카가 나직하게 중얼거렸다.

　밑에 깔린 운룡이 피투성이가 된 얼굴로 웃었다.

　"아직 한참 멀었다."

　대답과 동시에 파카가 든 주먹을 다시 내리꽂았다.

콰앙!

파카의 얼굴이 일그러졌다.

내리꽂은 주먹에 타격감이 느껴지지 않았다.

기 폭발.

파아앙!

파카의 몸이 튕겨 나가는 동시에, 어디선가 날아든 비단이 운룡을 감쌌다.

"크르르. 같잖은 잔재주를!"

파지지직.

운룡의 손에 다시금 전창(電槍)이 잡혔다.

정의행(正義行) 3식 ― 지폭(地爆).

콰드득.

창이 지면에 꽂히고 이내 운룡의 천제지공이 창을 타고 지면에 듬뿍 주입되었다.

파카가 뚫린 옆구리를 부여잡고 운룡을 향해 뛰어들었다.

"발밑, 조심해야지."

어느새 운룡을 휘감은 비단이 풀려 나갔다.

상처 하나 없이 말끔해진 운룡이 파카를 보며 느긋하게 중얼거렸다.

콰아아아아아아앙!

"크아아악!"

파카와 운룡의 거리가 멀어졌다.

팔짱을 낀 채 관람하던 태양이 중얼거렸다.

"끝났네."

─응.

파카가 옆구리를 내주고 잡은 기회를 마무리 짓지 못한 순간 경기는 끝났다.

이카루스의 귀걸이, 운룡의 비단.

클랜의 원조를 받고, 한참 위층의 스테이지까지 뚫어 낸 플레이어들은 유지력 측면에서 아래층의 플레이어보다 압도적일 수밖에 없었다.

"이제 못 잡아. 거리를 절대로 안 내줄 거니까."

운룡이 무투가였다면 또 몰랐겠지만, 창수인 이상 변수는 없었다.

숙련된 창수일수록 완벽하게 간격을 재는 법이니까.

정의행(正義行) 1식 ─ 통천(通天).

뻐어어엉!

경기는 태양의 예상대로 흘러갔다.

운룡은 정련된 보법과 창술로 파카의 접근을 완벽하게 차단했다.

이미 옆구리에서 내장이 흘러나올 정도로 치명적인 상처를 입은 파카는 운룡 주변을 맴돌 뿐 먼저 몸을 들이밀지 못했다.

옆구리를 부여잡고 숨을 몰아쉬는 파카.

운룡이 창을 흩어내며 말했다.

"항복해라."

"……"

파카는 대답하지 않았다.

항복하고 싶지는 않지만, 그렇다고 당장 운룡을 이길 수 없다는 사실도 알고 있었다.

"그리고, 너. 천문에 들어와라."

"거절한다."

"무공(武工). 배워 보고 싶지 않나?"

"그딴 거 없어도, 내가 이긴다."

파카가 이를 드러내며 운룡을 쏘아보았다.

운룡이 고개를 끄덕였다.

"네 재능은 인정한다. 나와 같은 조건이었다면 네가 이겼을지도 모르지. 하지만 말이야, 네가 모르는 게 한 가지 있어."

"뭐?"

"차원 미궁은 넓고, 괴물은 상상 이상으로 많다."

운룡이 파카에게 손을 내밀었다.

"언젠가 너도 벽을 만날 거다. 인간일 수도, 괴수일 수도 있어. 다른 무언가일 수도 있고. 할 수 있는 모든 짓거리를 해서 그 벽을 넘어야 한다. 이유는 간단해."

"넘지 못하면 죽으니까. 알고 있다."

운룡이 피식 웃었다.

"그래, 죽으니까. 그래서 우린 수단과 방법을 가리지 않고 강해져야 한다. 그리고 무공은 강해지는 방법이다. 인간이 만들어 낸 방법 중, 가장 효율적인 방법이지."

"내 육체만으로도 충분하다. 지금까지 그래 왔어."

"그렇게 생각하나? 나도 이기지 못해 놓고?"

"너와 내가 같은 조건이라면 이야기가 달랐을 거라고, 네 입으로 말했다."

"그래, 인정해. 같은 조건이라면 말이지. 하지만 말이야. 차원 미궁에서 만날 적이 너와 같은 조건으로 싸워 줄 것 같나?"

파카가 침묵했다.

"차원 미궁은 불합리한 곳이다. 나보다 강한 상대는 얼마든지 만날 수 있어."

운룡이 침묵한 파카를 바라보며 말을 이었다.

"혹시나 해서 말하는데, 우리 천문은 수인을 배척할 생각이 없다. 하지도 않았고."

"글쎄, 들은 이야기로는 다르던데."

"너희는 우리 인간을 모두 한 통속으로 생각하는 경향이 있더군. 그동안 너희 수인과 마찰을 빚은 건 우리가 아니야. 다른 클랜의 인간들이다. 진심이야. 이건 돌아가서 너희 클랜의 수인들에게 확인해도 되는 사실이다."

관중석의 플레이어들이 웅성거리기 시작했다.

─지금 천문에서 수인족을 영입한다는 거야?

─아니, 왜?

-되겠어? 인간이랑 수인이 싸운 전적이 몇 번인데.

-아니, 잠깐만. 천문이랑 수인족이랑 싸운 적이 있나?

-없나? 최근만 해도... 어? 최근은 위치스네?

-생각해 보니까 미르바도. 천문 산하인 미르바도 수인족이랑 마찰을 빚었다는 이야기는 없었어.

-그냥 피한 거 아니야? 스테이지 안에서 붙으면 손해니까.

-아니, 아니지. A등급 클랜 정도 되면 수인을 왜 무서워하냐?

천문은 꽤 오래전부터 수인을 흡수하는 사안을 고려해 왔다.

파카의 등장은 그 결정을 확실하게 하는 방아쇠였을 뿐이었다.

"잘 생각해 봐. 당장 결정하지 않아도 좋으니까. 우리는 너를 비롯해서, 너희 수인족을 전부 받아 줄 의향이 있어."

운룡이 손을 거둬들였다.

파카는 운룡을 한참이나 바라보다가 이내 고개를 돌렸다.

"수인은 인간에게 의탁하지 않는다. 이봐! 항복이다."

파카가 경기를 주관하는 마왕, 제파르에게 소리쳤다.

제파르가 고개를 끄덕였다.

[플레이어 운룡(B⁺)이 결투에서 승리했습니다.]

제파르가 자리에서 일어나 선언했다.

신권의
원코인
클리어

"두 번째 경기는 퍽 재미있었다. 본래는 바로 결승으로 진행하지만, 이번에는 형평성을 좀 챙겨 주고 싶군. 앞의 녀석은 두 번 연속으로 기권을 받았으니 말이야. 5분. 회복할 시간을 5분 주지."

⁂

결승전.

철창 너머에서 몸을 푸는 태양.

-결국 파카는 운룡의 카드를 다 못 꺼냈네.

"그러게."

상처를 회복하는 비단.

천제지공(天帝之工).

전창(電槍)과 정의행(正義行)이라는 이름의 창술 몇 가지.

스킬 카드로 추정되는 기술 기 폭발.

-숨기고 있는 카드가 몇 개는 더 되겠는데. 심지어 창술은 스킬화(化)니까.

태양이 어깨를 휘돌리며 담담하게 대답했다.

"그래도 이 정도면 충분히 얻어 낸 것 같아."

현혜가 한숨을 내쉬었다.

-휴; 스테이지에서 나타나는 변수는 확실하게 이야기해 줄 수 있는데, 이런 부분은 해 줄 이야기가 없네.

"이미 충분해."

어디서 그렇게 자료를 모았는지, 운룡이 이번 대회에서 보여 주지 않았던 장비, 기술을 정리해서 태양에게 보여 줬다.

-질 거 같으면 바로 항복해. 알지?

"이길 거라니까."

이윽고 운룡과 태양 사이를 가르고 있던 철창이 올라갔다.

[운룡(B⁺) VS 윤태양(S⁺)]

[결투를 시작합니다.]

-국거태! 국거태!

-국민 거품 윤태양! 국민 거품 윤태양!

-서렌의 황제! 서렌의 황제!

-나는 우리 태양이 믿어! 나는 우리 태양이 믿어!

채팅이 좌르륵 내려온다.

"운룡! 저 빌어먹을 적폐를 잡아 죽여!"

"비겁한 전사는 죽어야 마땅하다!"

"등급만 높은 쓰레기! 파카보다도 못한 놈!"

"거, 드럽게 시끄럽네."

언제나 그랬듯이, 태양이 신경질적으로 귀를 파며 나섰다.

채팅은 소리라도 없지.

관중석의 함성은 시끄러워도 너무 시끄러웠다.

신의
원코인
클리어

"이럴 거면 귀마개라도 주던가."

반대편에서 비단을 몸에 두른 남자, 운룡이 걸어 나왔다.

"여어, 윤태양. 이렇게 보는군."

태양은 대답하지 않았다.

운룡이 그런 태양을 보며 낮게 웃었다.

천제지공(天帝之工).

파지지직.

운룡의 몸에서 번개가 피어올랐다.

"그거, 인정한 적수한테만 쓴다더니."

"S+등급이면 충분히 인정할 만하잖나. 압도적으로 이겨 줘야 너도 우리 클랜을 다시 볼 테고 말이야."

쿠웅.

태양이 드래곤 하트를 일깨웠다.

순식간에 몸에 부하가 일어나며 막대한 마나가 휘돌기 시작한다.

"거, 말은 길게 하지 말고."

콰드드드드득.

허용 가능한 용적 이상을 머금은 마나 회로가 찢어질 듯 덜덜 떨렸다.

태양이 덜덜 떨리는 주먹을 꽉 움켜쥐며 웃었다.

"일단 붙자고."

결승전.

경기장 한복판에서 태양과 운룡이 대치하고 있었다.

천문의 클랜장 허공이 착잡한 눈으로 운룡을 바라봤다.

천문(天門)은 인간족이 만든 클랜으로는 세 번째로 S등급에 올라선 클랜이었다.

강철 늑대 용병단이 일곱 번째, 아그리파 기사단이 여덟 번째임을 감안하면, 천문은 확실히 긴 연식을 가지고 있는 클랜이었다.

강철 늑대 용병단이 탄생하기 전까지 3개의 S등급 클랜이 생겨나고, 멸망하는 동안에도 명맥을 유지한 것이다.

당연히, 그 긴 시간 사이에 많은 플레이어가 죽고 또 새로 충원되었다.

어쩔 수 없는 일이었다.

층을 올라갈수록 시련은 가혹해지고, 적은 더.강해졌으니까.

작금의 천문에는 원년부터 천문에 몸을 담은 인원이 단 셋뿐이다.

장문 허공, 원로 구휘.

그리고 뇌제 운룡.

"요즘 아이들은 모르는 이야기지."

천문의 시작은 당연히 허공이었다.

각인에서 S등급을 받은 천고의 기재 허공은 A등급 플레이어 익진과 B⁺등급 플레이어 운룡을 필두로 재능 있는 창천 출신의 플레이어를 끌어모아 천문이라는 문파를 개관했다.

신전의
원코인
클리어

18층을 클리어한 신예 플레이어 셋이 기존의 클랜에게 반기를 들고 새로운 집단을 꾸렸으니 사방에서 견제가 들어왔다.

그리고 그 견제를 이겨 내는 과정에서 가장 중추의 역할을 했던 것은 놀랍게도 허공이 아니었다.

운룡이었다.

운룡은 기발하고 빈틈없는 전략을 수립하고, 항상 기대 이상의 기량으로 강력한 적을 부숴 냈다.

24층을 기준으로 당시 플레이어들은 허공보다 운룡이 더 나은 플레이어라고 이야기했고, 허공 본인 역시 속마음으로는 그렇게 생각할 정도였다.

하지만 S등급의 플레이어보다 우월한 B⁺등급의 플레이어는 등반을 멈췄다.

왜 운룡은 왜 경쟁을 포기하고 24층에서 등반을 멈췄는가.

"무공."

운룡은 무공에 미쳤기 때문이다.

그는 욕망을 위해 탑에 들어온 것이 아니었다.

죽은 혈육을 살리기 위해서도 아니었고, 권력을 잡기 위해서도, 악마의 속삭임에 속아 차원 미궁에 들어온 것도 아니었다.

그저 방해받지 않고 무공을 연마하고 싶었던 것뿐이었다.

그렇기에 운룡은 '클랜의 번영을 책임지기 위해 희생한다'는 명목으로 등반을 멈추고, 분기마다 한 번씩 열리는 클랜전에만 간간이 얼굴을 드러내며 그저 수련을 거듭했다.

"안타깝구나, 안타까워."

허공은 과거를 후회했다.

당시의 허공은 열등감에 휩싸여 그를 24층에 박아 넣는 일에 오히려 힘을 실었다.

익진과 허공이 입을 모아 그를 설득했다면, 운룡이 그들과 같이 미궁을 올랐을지도 모른다.

"그랬다면."

최상층 전선의 구도가 바뀌었을 거라고, 허공은 감히 자신했다.

지금의 이 3강 체제 역시 성립하지 않았을 것이다.

천문이 압도적인 1강으로 자리매김하고 있었겠지.

하지만 과거는 과거.

운룡은 여전히 탑을 오를 생각이 없고, 그는 24층의 별로 남아 있다.

더 높은 곳으로 올라간 쓰레기들에게 비웃음을 당하면서.

"정말로 안타깝기 그지없는 일이야."

파지지직.

경기장 중앙에서 번개가 피어올랐다.

꽃처럼 피어오른 번개가 더 없이 아름답게 번쩍이다가, 이내 스러졌다.

허공이 안타까운 눈초리로 운룡을 내려다보았다.

쿠웅.

선공은 태양이었다.

초월 진각 – 선풍권(旋風拳).

태양의 팔에 모인 막대한 마나가 선풍권의 초식을 타고 뿜어져 나갔다.

콰드드드득!

"호오."

운룡의 눈썹이 들썩였다.

태양의 속도는 빨랐고, 공격은 파괴적이었다. 적어도 10층대의 플레이어만 모이는 1모집군에서는 독보적으로.

운룡이 마주 진각을 밟았다.

천뢰굉보(天牢轟步).

꽈릉.

걸음과 동시에 뇌제(雷帝)라는 이명에 걸맞은 천둥소리가 울려 퍼졌다.

동시에 운룡의 눈이 허옇게 번뜩였다.

정의행(正義行) 1식 – 통천(通天).

꽈앙!

번개는 태양이 회로의 내구도를 희생해 가며 뽑아낸 마나를 단숨에 잡아먹었다. 오히려 팔까지 집어삼키려 하는 공력에 태양이 급하게 팔을 빼 피했다.

태양의 얼굴이 일그러졌다.

일전, 파카와의 경기에서 보여 줬던, 공간만 밀어내던 통천이 아니었다.

"이건 2모집군에서나 쓰던 기술 아니었어?"

"2모집군은 아직 시작도 하지 않았는데, 네놈이 그걸 어떻게 알지?"

파지지직.

운룡의 머리카락 끝에서 번개가 피어올랐다.

잠깐 생각한 운룡이 피식 웃었다.

"불꽃 놈들, 별의별 것을 다 일러 줬나 보구나?"

꽈릉!

스킬화(化)된 운룡의 보법이 다시금 굉음을 일으킨다.

어느새 태양의 앞으로 접근한 운룡이 창을 내질렀다.

정의행(正義行) 2식 - 관심(貫心).

공력이 일점에 모여 태양을 찔러 들어왔다.

머리가 아닌 몸통, 그것도 정확히 중심부를 찔러 들어오는 운룡의 창.

태양의 미간이 찌푸려졌다.

까다롭다.

차라리 머리나 심장같이 노리는 부위가 명확하다면 아슬아슬하게 피해 내고 반격의 여지를 만들어 볼 수 있겠으나, 운룡의 공격은 그것을 사전에 차단하고 있었다.

피하든가, 적은 힘으로 막아 내든가.

아니면 힘으로 밀어내야 하는데, 그건 아무리 드래곤 하트를 가지고 있는 태양이라도 힘들었다.

마나통의 문제가 아니라, 신체의 문제.

드래곤 하트는 태양에게 거의 무한에 가까운 마나를 제공하지만, 그 마나는 매우 거칠고 사나웠다.

펑펑 써 대다간 태양의 마나 회로가 처참하게 망가져 스스로 자멸하게 되리라.

태양의 선택은, 라이트 세이버였다.

-벌써? 괜찮겠어?

놀란 현혜가 물었지만, 대답할 틈이 없었다.

기이이잉!

라이트 세이버가 특유의 탐욕스러운 공명음을 내며 마나를 집어삼켰다.

첫 일격에 담은 막대한 마나.

그리고 라이트 세이버 시동.

전투를 개시한 지 30초 만에 오른팔 부위의 마나회로가 저릿해져 오기 시작했다.

태양의 검이 어느새 코앞까지 짓쳐 든 창을 내리쳤다.

수라참격(修羅斬擊).

킹 오브 피스트의 유일한 검사, 아넬카가 사용하는 또 다른 기술이었다.

흰색으로 발광하는 라이트 세이버가 운룡의 창을 베어 냈다.

아니, 베어 내려 했다.

정의행(正義行) 4식 - 천굉(天轟).

뻐엉!

태양의 몸이 반대편으로 튕겨 나갔다.

-??

-뭐임?

-3인칭으로 봤는데도 모르겠네.

운룡이 여유로운 얼굴로 태양에게 창을 까딱였다.

"일어나라."

"풰엣."

태양이 피 섞인 침을 뱉으며 일어났다.

"반응이 빠르군."

"봤는데, 몸이 안 따라 주네."

"내공의 수급이 비효율적이다."

말과 동시에 운룡이 창을 바닥에 내리 찍었다.

정의행(正義行) 3식 - 지폭(地爆).

태양이 납검하는 동시에 운룡을 향해 쏘아졌다.

콰아아앙!

태양이 서 있던 자리가 반 박자 늦게 터져 나갔다.

쿠웅, 파지직.

초월 진각을 성공적으로 밟아내자 발바닥부터 전자기가 올라왔다.

태양이 모션으로 발검을 할 것처럼 페이크를 넣었다.

"헛수작."

초월 진각 − 염라각(閻羅脚).

꽈앙!

번개로 이루어진 창대가 태양의 발을 막았다.

태양이 이를 드러내며 웃었다.

"기대 이상인데?"

"무슨 말이냐."

"수준, 생각보다 높아."

수 싸움도, 펼치는 무술도.

명백히 태양이 예상한 것 이상이었다.

이러면 싸울 맛나지.

"우와아아아아!"

"죽여라! 죽여라! 죽여라!"

"안 돼! 조금 더 버텨! 너무 맥없잖아!"

"빌어먹을! 기권으로 결승에 올라온 녀석을 믿는 게 아니었는데!"

"역시 안 되는 건가. 에잇. 이래서 배당률에 속으면 안 되는 건데."

관중석의 플레이어들이 소리를 질렀다.

일부는 절망하고, 일부는 환희에 젖어서.

그들 사이에는 공통점이 있었다.

태양의 패배를 당연한 결과로 받아들이는 것.

심지어 태양의 승리에 돈을 건 플레이어마저도 그랬다.

"마음에 안 들어."

빽빽 질러 대는 소리보다도 마음에 안 들었다.

우드득.

태양이 소리 나게 목을 꺾으며 운룡을 바라봤다.

혈기충천(血氣充天).

-혈기충천?

-자버프. + 통각 마비.

-맞을 거 대비한 거네.

-샌드백 선언 ㄷㄷ

샌드백 선언.

틀린 말은 아니다.

이번 싸움.

생각보다 길어질 것 같으니까.

<hr>

퍼억.

화면 속의 태양이 운룡의 창대에 옆구리를 허용했다.

-크흡.

태양의 억눌린 신음과 상관없이 운룡의 정련된 창술이 무자비하게 이어진다.

찌르고, 꺾고, 휘두르고.

태양은 어떻게든 몸을 비틀어 공격을 치명적인 공격만을 비껴 냈다.

퍼억.

-생각보다 너무 일방적인데?

-확실히 최상위급 NPC는 수준이 다르지.

-안 되는 건 안 되는 거구나.

-와, 윤태양이 이렇게 일방적으로 쳐맞네.

맞는 도중 간간이 초월 진각을 밟으며 반격의 기미를 보이기는 하지만, 이미 학습한 운룡은 기민하고 절제된 반응으로 태양의 노림수를 차단했다.

천뢰굉보(天牢轟步).

정의행(正義行) 1식 - 통천(通天).

뻐엉!

태양이 256강에서 만난 플레이어에게서 뜯어냈던 견갑이 박살 났다.

정의행(正義行) 6식 - 육합(六合).

콰드드득!

가죽 갑옷이 터져 나갔다.

정타로 맞았으면 그대로 신체에 구멍이 났을 법한 위력의 공격.

-항복해라. 이미 수준 차이는 알았을 텐데.

정의행(正義行) 3식 - 지폭(地爆).

콰아아아아앙!

지면의 폭발과 동시에 태양이 달려들었다.

하나 태양의 반격은 운룡이 의도한 바였다.

땅에 박혀 있던 창이 물 흐르듯 태양을 향해 겨눠졌다.

태양이 태연한 얼굴로 창을 향해 뛰어들었다.

화면을 바라보고 있던 아이작이 허리를 곧추세웠다.

"지금부터다."

줄리아는 진작부터 허리를 빳빳이 한 채 화면을 지켜보고 있었다.

-뭐가 지금부터라는 거야?

-또, 또, 또 자기들만 아는 얘기.

-왕따 그만 시키라고 ___ 짜증난다고.

줄리아가 피식 웃었다.

"지켜보면 알아."

정의행(正義行) 1식 - 통천(通天).

태양의 상반신을 통째로 날려 버릴 만한 강력한 창격이 번개를 머금고 쏘아졌다.

이제까지의 태양이라면 큰 동작으로 회피하여 반격의 기회를 놓치거나, 어떻게든 방어하는 데 급급했다.

하지만 이번에는 달랐다.

태양의 허리가 다이내믹하게 꺾였다.

뻐엉.

강력한 기파(氣波)가 태양을 스쳐 갔다.

정의행(正義行) 4식 – 천굉(天轟).

하늘을 울릴 정도로 재빠른 창격이 다시금 태양을 향해 짓쳐 들어갔다.

−같은 기술.

투웅.

태양이 이번에는 공중으로 뛰어올랐다.

파앙!

운룡의 전창이 다시 한번 허공을 때리며 과감한 노림수의 향연이 펼쳐졌다.

처음으로 운룡의 얼굴에 옅은 당혹이 깃들었다.

스릉.

공중에서 검을 뽑아 든 태양의 허리가 한껏 젖혀지고, 다시 펴졌다.

유백색으로 빛나는 라이트 세이버가 운룡의 머리를 쪼갤 듯이 그어졌다.

아넬카식(式) 인간 절단.

처음으로 운룡이 몸을 던져서 태양의 공격을 피했다.

-오, 드디어.

-유효타?

-유효타는 아니지. 손끝도 못 건드렸는데.

-그래도 뭔가 윤태양 공격이 통한 느낌인데?

아이작과 줄리아가 눈빛을 교환했다.

태양을 '직접' 상대해 본 적이 있는 사람만 알 수 있는, 경험에서 우러나온 공감이었다.

"다운로드, 끝났나?"

"최소 90. 표정을 보니 끝난 것 같군."

-다운로드?

-패턴 파악 끝났다고.

-오.

-뭐 좀 보여 주나?

-단탈리안 NPC한테도 다운로드고 뭐고 그게 통함?

-애초에 킹 오브 피스트는 기술이 한정되어 있으니까 패턴되는 거 아닌가?

아이작이 고개를 흔들었다.

모르는 소리다.

"태양의 다운로드는, 다른 선수들의 그것과 차원이 달라."

줄리아가 고개를 절레절레 저었다.

"그걸 다운로드라고 불러야 할지도 모르겠어. 나는."

'빠르고 정확하게, 적이 이제까지 보여 준 행동을 기반으로

다음 행동을 예측한다.'

일반적인 다운로드의 정의다.

하지만 태양의 것은 그 이상이었다.

마치 미래를 보고 온 듯한, 예언에 가까운 예측.

데이터가 쌓인 태양은 그야말로 절대적인 전투를 구사하고
는 했다.

화면 속에서 빛무리가 터져 나갔다.

스타버스트 하이킥(Starburst High Kick).

콰아앙!

운룡의 몸이 반대편으로 튕겨 나갔다.

피투성이가 된 태양이 중얼거렸다.

─그동안 신났지? 맞아 주니까.

킹 오브 피스트.

가장 처음으로 '또 하나의 현실'을 구현한 가상현실 게임.

많은 사람이 단탈리안의 성공과 단탈리안이 만들어 내는 지
표를 보며 안타까워했다.

아, 킹 오브 피스트가 RPG 게임이었다면.

아니, 대전 격투 게임만 아니었다면.

진입 장벽이 조금만 더 낮았더라면.

지금 이 기록은 단탈리안이 아니라 킹 오브 피스트의 것이
었을 텐데.

그 정도로 킹 오브 피스트가 처음 인류 앞에서 선보인 기술

력은 환상적이고 충격적인 것이었다.

지금에서야 약간 뒤처진 것으로 평가받는 지경에 이르렀지만, 초보적인 단계를 벗어나지 못하고 있던 VR 기술을 압도적으로 발전시켜 선보인 당시 킹 오브 피스트의 파장은 단탈리안이상으로 컸다.

하지만 킹 오브 피스트는 대전 격투 게임의 구조적인 문제를 해결하지 못했다. 높은 수준으로 갈수록, 게임은 유저에게 압도적으로 완벽한 조작을 요구했다.

게임이 장수하면서 필연적으로 '고인물화'도 생긴다.

대전 격투 게임의 '고인물화'는, 그것도 세계적인 차원에서 압도적으로 인기를 끈 킹 오브 피스트의 '고인물화'는 마찬가지로 압도적인 수준의 진입 장벽을 만들고 말았다.

하지만 킹 오브 피스트는 진입 장벽을 낮추려고 노력하지 않았다. 오히려 더 어렵고, 화려하고, 정교하게 기술을 펼쳐야 하는 쪽으로 패치했다.

즉, 세계에서 가장 인기 있는 주제에 세계에서 가장 어려운 게임을 지향한 것이다.

킹 오브 피스트의 한 캐릭터의 모든 기술을 펼칠 수 있으면 인류 상위 1%다. 그리고 한 캐릭터의 성능을 100% 활용할 수 있으면 랭커 반열에 들어갈 수 있다.

거기에 '재능'이 추가되면, 킹 오브 피스트 선수로 이름을 떨칠 수 있다.

그런데, 그렇게 되었다고 좋아할 필요는 없다.

'넌 뭘 해도 됐을 재능충이니까.'

격언 같은 느낌으로 살려 보자.

게임사가 유저에게 요구하는 수준이 얼마나 높았는지, 게이머들 사이에서 격언이 생길 정도였다.

실제로, 킹 오브 피스트에서 수위를 다투는 랭커들에게는 각자 독보적인 영역이 있었다.

킹 오브 피스트 랭킹 5위, 야오밍.

게임의 시작부터 끝까지 공격 기술만 사용하는, 압도적인 공격 일변도의 재능.

랭킹 4위, 윤상혁.

모든 상황에서 구조적으로 이득을 얻어 내는 '패턴'을 정립하고 그 이론상의 플레이를 직접 몸으로 해내는, 이해의 재능.

랭킹 3위, 줄리아 터너.

이지선다 상황에서 절대로 패배하지 않는, 마음을 읽는 수준의 수읽기.

랭킹 2위, 아이작 아킨페프.

모든 공격을 '보고 막는' 반응속도.

특히 줄리아와 아이작은 현대 과학이 설명할 수 없는 수준의 기예라며 전문가들이 기함할 정도의 재능이었다.

그렇다면 랭킹 1위.

윤태양은 어떤 재능을 가지고 있을까.

그것이 바로 '전지적인 다운로드'였다.

태양은 싸움 시작과 동시에 상대의 분석을 시작하고, 한 라운드가 채 지나기 전에 분석을 끝마쳤다.

태양이 관찰할 수 있는 모든 것은 다운로드의 대상이 되었다.

패턴의 신, 윤상혁의 패턴은 한 라운드(1분)만에 완벽하게 파훼되었다.

공격 일변도 야오밍의 주먹과 발길질은 피격 세 번이면 충분했고.

줄리아 터너의 수읽기는 두 라운드 정도 효력을 발휘하다가 무용지물이 되고는 했다.

유일하게 완벽하게 파훼하지 못한 재능이 아킨페프의 '보고 막는' 반응속도였고, 그게 바로 아이작이 랭킹 2위를 할 수 있는 이유였다. 그리고 그런 태양이 근 5분 동안 전투를 하며 운룡을 관찰했다.

5분.

다운로드하기엔 차고 넘치는 시간이었다.

스톰브링어(Storm Bringer): 폭풍 소환(暴風 召喚).

[폭풍의 정령 군주 아라실이 플레이어 윤태양의 신체에 임합니다.

(지속 시간 60초)]

"슬슬 끝내자."

후우우우웅.

강력한 바람이 태양의 몸에 깃들었다.

심상치 않음을 느낀 운룡이 창을 내뻗었다.

정의행(正義行) 1식 – 통천(通天).

뻐엉!

태양의 숄더 페이크에 속아 넘어간 운룡의 창이 애꿎은 허공을 때린다.

운룡의 얼굴이 미세하게 꿈틀거렸다.

'뭐지?'

이론이 아닌 직관의 영역.

무인의 본능이 경종을 울리고 있었다.

'뭔가 달라졌어. 단순히 움직임이 빨라진 게 아니야. 뭐지?'

콰득.

운룡의 공격을 비껴 낸 태양이 단숨에 두 걸음 앞으로 진입한다.

운룡의 창이 차분하게 태양의 경로를 막아 냈다.

태양은 비집어 들어가려고 시도하는 대신, 어깨를 뒤로 젖혔다.

"흠, 이렇게 하는 건가?"

콰드득.

탄력적으로 조여진 태양의 오른팔이 급격히 이완하며 주먹을 뻗어 냈다.

태양은 팔을 끝까지 펴고, 회전을 섞었다.

동시에 운룡의 마나 흐름을 가미했다.

"네놈, 무슨!"

운룡의 눈이 부릅떠졌다.

정의행(正義行) 1식 – 통천(通天): 윤태양식(式) 어레인지.

콰앙.

주먹은 닿지 않았지만, 타격은 닿았다.

태양의 팔로 구현한 통천이 운룡의 복부를 타격했다.

"커헉."

태양이 얼굴을 찌푸렸다.

"어우, 이것도 마나 장난 아니게 먹네."

오른팔에서 심상치 않은 통증이 올라왔다.

어찌 보면 예정된 결과였다.

태양은 결투 초반부터 오른팔의 마나 회로를 명백하게 무리하게 사용했다.

태양은 이번 경기에서 오른팔을 더 이상 사용하지 않기로 마음먹었다.

"어차피."

분석은 끝났으니까.

운룡의 얼굴이 사정없이 일그러졌다.

"네놈!"

파앙!

이번 전투에서 처음으로 보는, 감정이 섞인 일격.

태양이 히죽 웃으며 질러오는 운룡의 창을 피했다.

스톰브링어의 남은 시간은 약 55초.

충분히 끝낼 수 있다.

"이건, 이렇게던가?"

천뢰굉보(天牢轟步): 윤태양식(式) 어레인지.

꽈릉.

굉음과 함께 태양의 몸이 순간적으로 이동했다.

"그리고 이걸 이렇게 섞어서 쓰면."

정의행(正義行) 1식 - 통천(通天): 윤태양식(式) 어레인지.

왼팔로 질러 낸 통천이 다시금 운룡의 몸에 작렬했다.

뻐엉! 파지지지직!

경로를 계산한 운룡이 그 와중에 몸을 뒤로 빼냈다.

판단은 놀랍도록 냉정했다.

골반 전체를 노린 태양의 번개 섞인 통천은 운룡의 왼발만을 맞췄다.

"크윽."

최선의 선택이었지만, 이후 도출된 상황은 명백했다.

운룡의 왼발이 통째로 날아간 것이다.

두 발로 서지 못하는 무인은 본래 전력의 5할도 낼 수 없는 법.

터벅.

태양이 쓰러진 운룡을 내려다보았다.

"더 할 거야?"

"허."

단 두 수.

그것도 '자신의 수'에 당했다.

'실수가 있었던가?'

없었다.

할 수 있는 최선의 판단이었다.

그럼에도 불구하고, 졌다.

운룡이 웃었다.

허탈한.

아니, 그것보다는 항거할 수 없는 자연재해를 만난 인간의 웃음이었다.

태양이 주변을 둘러보았다.

시끄럽던 함성은 어느새 잦아들었다.

보이는 수많은 관중의 일관된 표정으로 태양을 바라보고 있었다.

음, 아마도 경악?

"좀 낫네."

딱히 보기 좋은 건 아닌데, 그래도 귓가를 쩌렁쩌렁 울리는 것보다는, 그래도 이게 낫지.

신컨의
원코인
클리어

"플레이어 윤태양."

쇠를 긁는 듯 날카로운 쉰 목소리가 태양의 고막을 울렸다.

낡은 갑옷을 입은 병사의 형상을 한 마왕, 제파르였다.

제파르가 태양에게 손을 내밀었다.

"15층의 플레이어가 클랜전에서 우승하는 모습은 오랜만에 보는군. 아, 인간 쪽은 아예 처음이던가? 아무튼 축하한다."

"별말씀을."

태양이 천연덕스럽게 대답하며 제파르의 손을 마주 잡았다.

[플레이어 운룡(B⁺)이 결투에서 승리했습니다.]

[제1모집군 클랜전이 종료되었습니다.]

[우승자(플레이어 윤태양)에게 3,000CP가 지급됩니다.]

[준우승자(플레이어 운룡)에게 2,000CP가 지급됩니다.]

[4강 진출자(플레이어 명운, 플레이어 파카)에게 1,000CP가 지급됩니다.]

시스템 창이 좌르륵 내려가는 와중에 제파르가 킬킬 웃었다.

"뭐가 그렇게 웃겨?"

"이런 경기를 본 것은 오랜만이야. 마음에 들었다."

"마음에 들었다고?"

8강과 4강에서 살로몬과 명운에게 항복을 받을 때는 불만 가득한 얼굴이더니.

태양의 생각을 읽기라도 한 건지, 제파르가 말을 덧붙였다.

"항복을 받아 가며 오른 점은 그다지 좋게 보이지는 않았지만 말이다. 클랜 놈들이 세워 둔 '수문장'들. 이렇게 처절하게 깨부수는 건 쉽게 보기 힘든 광경이거든."

"아."

특유의 긁는 목소리로 한참이나 더 낄낄거린 제파르가 태양의 어깨를 툭 치며 물었다.

"관중에게 하고 싶은 말 있나? 목소리를 키워 주지."

"아, 있어."

우승자에게 소감을 묻는 건 악명 높은 단탈리안에서도 통용되는 일이었다.

보통은 그냥 어영부영 소감이나 발표나 하고 말겠지만, 태양은 우승 소감까지 준비해 왔다.

별다른 품을 들이지 않고 통합 쉼터의 모든 플레이어에게 메시지를 전할 기회는 쉽게 오지 않았다.

"아, 아."

목소리가 관중석 전역에 울려 퍼지고 있다는 사실을 확인한 태양이 씨익 웃었다.

관중석 곳곳에 아는 얼굴이 보였다.

천문의 수장 허공, 아그리파의 기사단장 카인, 강철 늑대 용

신의
원코인
클리어

병단의 실버.

위치스의 미네르바, 유리 막시모프.

그리고 '불꽃'의 클랜장 KDCR과 윤택까지.

"우선 천문, 음…… 사과할게. 별다른 유감이 있어서 그쪽 플레이어를 이렇게 팬 건 아니야."

태양의 말에 도복을 입은 늙은 무인의 입가가 꾸욱 다물린다.

"그래도 경기 초반에는 내가 얻어맞았잖아. 퉁 치자고."

태양이 킥 웃고는 말을 이었다.

"다들, 내가 왜 클랜전에 도전했는지 궁금할 거야. 본론만 이야기하자면, 증명이 필요했어."

"증명이라."

옆에서 듣던 제파르가 턱을 쓰다듬으며 웃었다.

"알잖아? 내 등급은 사상 초유야. S⁺. 이 자리에 있는 모든 플레이어가 나보다 낮은 등급이라고. 그러니까 의심이 있을 수밖에 없지. S⁺등급의 플레이어가 어떤지, 너희들은 본 적 없으니까. 그래서 나는 보여 줘야 했어. 내가 어떤 인간인지. 어느 정도 수준인지."

태양의 말이 이어질수록, 관중석 곳곳에 있는 플레이어들의 표정이 다채로워졌다.

가소로움, 비웃음, 시기, 질투, 분노, 열등감, 인정, 흥미.

태양은 되도록 '중요한 NPC'를 시야에 담으려 노력하며 말을 이었다.

"말하자면 난 내 가치를 증명한 거지. 너희들은 이제 확실히 알았을 거야. 지금까지의 퍼포먼스로 보면, 나보다 나은 플레이어는 없었어. 그렇잖아?"

이견은 없다.

태양은 모두의 앞에서 가치를 증명했다.

이제 통합 쉼터의 모든 플레이어가 태양의 능력을 직면했다.

이것보다 더 몸값을 불릴 방법은 없었다.

적어도 태양과 현혜의 머리에서 짜낸 최선은 이것이었다.

"'불꽃'의 영입 금지 조약이 이틀 뒤에 풀리지. 이틀 뒤에 디시전(Decision Show)를 열 거야. 장소는 '불꽃'의 클랜 하우스."

관중석 곳곳에서 소란이 일어난다.

태양이 그들을 보며 말을 이었다.

"그리고 그곳에서 나의 재능을 어디로 가져갈 것인지 밝힐 거야."

그러니까 그 이틀 동안 머리를 좀 굴려 보라고.

나에게 뭘 줄 수 있고, 뭘 해 줄 수 있는지 말이야.

───※───

2일 후.

클랜장의 집무실에 들어온 윤택이 투덜거렸다.

"이거 한다고 현금을 받는 것도 아닌데, 이렇게까지 바쁘게 살아야 해? 게임 안에서?"

"덕분에 여기서 쾌적하게 살잖아. 난 솔직히 만족이야. 현실보다 여기에서의 삶의 질이 더 나은 것 같거든."

클랜장, KDCR이 서류를 살피며 대답했다.

서류는 태양을 설득하기 위해, 불꽃 클랜에 로비하는 안건에 관한 서류였다.

"와, 게임 중독 심각하시네. 여기가 현실보다 낫다고?"

"현실에 있어 봐야 마누라는 마리화나 가져오라고 소리 지르고, 애새끼들은 술에 취해 있지 않으면 얼굴을 못 봐. 현실이 더 낫겠냐?"

"거, 농담을 탈룰라로 받으시네. 할 말 없게?"

"탈룰라?"

"아, 됐어요."

윤택이 어깨를 으쓱했다.

KDCR이 윤택에게 보고 있던 서류를 던졌다.

탁.

"뭡니까?"

"매크로 1번 한번 쏴 주고 와. 골드 준대."

"1번이면, 무공이랑 카드를 중요하게 본다. 어쩌고저쩌고. 그거 맞나?"

"그래 그거."

"옙."

"아, 갔다 오는 길에 윤태양 한번 만나서 준비 잘하고 있는지 확인하고."

윤택이 낮은 목소리로 투덜거렸다.

"내가 뭐 심부름꾼이야 뭐야. 맨날 나만 가지고⋯⋯."

"너 말고 누가 할 건데? 에밀리 불러? 네가 에밀리 일할래?"

"아뇨. 제가 하겠습니다."

쾅.

윤택이 방문을 닫고 나갔다.

KDCR이 팔짱을 끼며 제 집무실을 돌아보았다.

이틀 만에 집무실의 가구가 절반 이상이 바뀌었고, 나머지 절반도 곧 바뀔 예정이 되었다.

비어가던 클랜의 장비 창고도 증축을 해야 될 지경에 이르렀다.

"어이가 없군."

이 모든 게 단 한 명의 플레이어의 파급력이라는 사실이 놀라울 따름이었다.

시계를 본 KDCR이 겉옷을 챙겼다.

디시전 쇼(Decision Show)가 30분 앞으로 다가왔다.

"오랜만에 좋은 구경하겠어. 하하."

KDCR은 정말 오랜만에 진한 감정을 느꼈다.

게임에 갇힌 이후로는 처음 느끼는 감정인 것 같았다.

그 감정의 이름은 호기심이었다.
태양이 향할 클랜이 어디인지.
차원 미궁에 어떤 변화가 생길지.
"그리고, 그가 어디까지 올라갈 수 있을지."

디시전 쇼(Decision Show)

"캬아, 많이도 왔네."

윤택이 플레이어로 북적이는 클랜 하우스를 보며 감탄했다.

에밀리가 안경을 추켜올리며 대답했다.

"많이만 온 것이 아닙니다."

위치스의 클랜장 미네르바, 마리아나 수도회의 영입부장 레사 등.

A등급 이상의 간부들이 곳곳에서 보일 정도였다.

물론 대부분 플레이어는 소속 없는 일반 플레이어들이었다.

단순히 구경으로 왔거나, 높은 플레이어의 눈에 한 번이라도 띄어 보려고 노력하는 사람들.

간부들은 윤태양의 행방에 날카롭게 신경을 곤두세우고, 다른 플레이어들은 그런 간부들의 눈치를 봤다.

덕분에 클랜 하우스는 모인 사람에 비해 조용한 편이었다.

윤택이 한 곳을 보며 에밀리를 툭 쳤다.

"무슨 일입니까?"

"저거 봐라."

강철 늑대 용병단장 실버, 아그리파 기사단장 카인. 그리고 천문의 허공.

세 남자가 한 테이블에 앉아 있었다.

"말 한 번 잘못하면 그냥 여기서 플레이어 인생 끝장나겠는데."

"말 한 번 잘못하는 정도로 끝장이 납니까?"

"음, 허공이나 카인은 몰라도, 실버 눈에 잘못 들면 확실히 끝장날걸? 뒤끝이 장난 아니거든."

"여기서도 들리는 거 아닙니까?"

"……그런가?"

윤택이 뻘쭘한 얼굴로 뒤늦게 입을 닫았다.

그를 바라보던 에밀리가 중얼거렸다.

"그나저나, 태양 님은 부담이 이만저만이 아니시겠습니다."

"왜?"

"한 S등급 클랜을 고르면, 자연스럽게 나머지 두 S등급 클랜의 척을 지게 되는 거니까요."

"에이. 그런 건 우리 같은 유저들이나 무섭지. 태양이 형은 다르지."

"그렇습니까?"

"태양이 형님 정도 되면 스테이지에서 플레이어가 무서운 게 아니잖아. 스테이지 미션이랑 오브젝트가 무서운 거지."

"아."

"아무리 영향력이 강한 클랜이라고 해 봐야 쉼터에서 해코지할 수 있는 것도 아니고."

에밀리가 고개를 끄덕였다.

"확실히. 태양 님만큼 강하면 클랜 측에서 저지할 방법이 거의 없긴 하네요."

"천문이랑 강철 늑대 용병단이 아그리파의 성장을 눈 뜨고 지켜볼 수 없었던 이유도 바로 그거야. S등급 플레이어나 최정예 멤버들은 결국 다 최전선에 발이 묶여 있으니까."

윤택이 플레이어들을 보면서 턱을 쓰다듬었다.

"그나저나 어디로 가려나."

"불꽃에 올 리는 없겠죠?"

"응. 관심 없는 것 같더라."

윤택의 단호한 대답에 에밀리가 입술을 작게 삐죽이고는 말을 이었다.

"전 솔직히 천문으로 갈 것 같습니다."

"천문?"

"예. 그렇지 않아도 강한데 무공까지 배우면 대단할 것 같지 않습니까?"

"그래? 난 강철 늑대로 가는 게 더 좋아 보이는데?"

"강철 늑대 말씀이십니까? 왜요?"

에밀리가 의아한 눈으로 윤택을 바라봤다.

그녀는 태양이 천문 아니면 아그리파 기사단으로 갈 것이라고 생각하고 있었기 때문이다.

윤택이 코를 찡긋거렸다.

"무공. 좋다 좋다 하는데 유저들 중에서 무공 제대로 쓰는 플레이어 봤어? NPC들도 창천계 아니면 제대로 구사하는 사람 거의 없어. 카인이 미친 재능인 거지."

"그래도 태양 님은 카인과 비견될 만하지 않습니까?"

"도박하기엔 반대편에 걸린 게 너무 크잖아. 혹시나 안 되면? 강철 늑대가 줄 수 있는 지원은 선택만 하면 무조건 쥐어진다고."

윤택이 실버의 웃는 얼굴을 보며 말을 이었다.

"안 그래도 강력한 시점에서 강철 늑대의 전폭적인 서포트를 받는다. 어떨 거 같아? 모르긴 몰라도, 한 스테이지에서 업적 20개는 기본으로 먹으면서 올라갈걸?"

클랜의 영향력.

태양에게 미치기는 어렵지만, 반대로 태양이 쥐고 휘두른다면 이야기가 달라진다.

만약 태양이 강철 늑대 용병단에 들어간다면 20층, 30층 대에서 태양은 무소불위의 영향력을 과시할 가능성이 컸다.

"그렇게 내실을 착실히 다지면 위층에서 또 경쟁력이 생기고. 선순환인 거지."

"그렇다면 아그리파는 어떻습니까?"

"아그리파. 저 셋 중에서는 제일 약하지. 지원도 강철 늑대에 비하면 떨어지고, 무공이야 천문에서도 줄 수 있으니까. 희소성이 없달까?"

"하긴. 그러고 보니 아그리파는 상대적으로 신생이니까요."

윤택의 예상은 비교적 정확한 편이었다.

천문의 장문, 허공이 테이블에게 앉은 둘에게 제안했다.

"자, 슬슬 말씀들 해 보시게. 어디까지 약속했나?"

카인과 실버가 허공을 바라봤다.

허공이 특유의 인자한 인상으로 웃었다.

"허허. 어차피 피차 제시는 끝난 마당 아닌가. 여긴 발표하는 자리일 뿐이지."

실버가 삐딱하게 고개를 꺾으며 대답했다.

"그쪽이 먼저 말해 주면."

카인이 옆에서 고개를 끄덕였다.

"그래. 말을 꺼낸 사람이 먼저 하는 게 도리에 맞겠군. 내가 제시한 건 무공이네."

"무공?"

"그래, 무공. 윤태양이 천문에 들어오면 내가 그를 직전제자로 받을 생각일세."

허공의 말에 클랜 하우스의 시선이 일순간 그에게로 꽂혔다.

허공의 독문 무공 천위강기(天位剛氣)는 그 정도 파급력이 있었다.

"여태 배운 사람이 아무도 없다고 하지 않았나?"

"배울 수 있는 사람은 있었지."

허공이 카인을 바라봤다.

카인이 작게 어깨를 으쓱였다.

"환골탈태."

"그래. 15층 이내에 100개의 업적을 수집하면 얻을 수 있는 특전이지. 천위강기(天位剛氣)를 배우기 위해서는 환골탈태가 필수야."

실버가 인상을 찌푸렸다.

"빌어먹게 조건을 타는 무공이군. 업적 100개라니. 그리고 다음은? 더 없어?"

"그게 다네. 장비나 피차 클랜원을 통해 스테이지를 돕는 건 다 똑같을 것 아닌가."

실버가 이죽거렸다.

"똑같기는. 장비에 따라서 플레이어 기량이 천차만별로 갈리는 거 몰라?"

"그건 그렇지요."

예전, 장비 차이로 21층의 플레이어에게 패한 전적이 있는 카인이 동의했다.

"우리 강철 늑대가 준비한 건 장비랑 카드야. 각 층에서 얻을 수 있는 최고 등급 장비 세팅. 카드 역시 시너지 세팅만 다섯 가지 준비해 뒀고."

카인이 놀라서 되물었다.

"그럴 돈이 있습니까?"

"돈으로 안 되지. 이건 밑에 애들이 직접 캐 와야 가능한 일이야. 카인, 너희 쪽은?"

카인이 대답했다.

"이쪽도 무공입니다. 그리고 돈을 끌어모아 장비도 주기로 하긴 했는데⋯⋯."

카인의 말이 흐려졌다.

준비를 한다고는 했는데, 두 클랜에 비해 부족해 보였기 때문이다.

특히 천문이 예상외의 복병이었다.

설마설마했지만, 클랜 조건으로 허공의 독문 무공인 천위강기를 걸 줄이야.

그때 클랜 하우스가 시끄러워지기 시작했다.

"태양, 윤태양이다!"

"KDCR이야. 직접 데리고 왔나 본데?"

"하긴. 지금 윤태양 몸값이 얼만데."

"다른 클랜들이 윤태양이랑 한마디 해 보겠답시고 보낸 뇌물을 그렇게 보낸다면서?"

"간부들이 단체로 차를 바꿨다는 이야기도 있어."

"병신들. 어차피 S등급 클랜이 채 갈 텐데 왜 애꿎은 불꽃에 돈을 가져다 바치는 거야?"

"혹시나 하는 거지. 솔직히 데려가면 그대로 제2의 아그리파 기사단이 될 수도 있는 거잖아."

태양은 수군거리는 인파를 정면으로 뚫고 지나가서, 단상에 올랐다.

"흠."

태양의 등장과 동시에 모든 플레이어의 시선이 그에게로 모였다.

특히 간절한 얼굴이 눈에 띄었다.

위치스의 클랜장, 미네르바였다.

그도 그럴 것이, 위치스는 불꽃만큼이나 신입을 받은 지 오랜 시간이 지났다.

불꽃은 아예 활동을 하지 않고 있는 만큼, 활발히 활동하고 있는 위치스가 그와 같은 기간 동안 신입을 받지 못했다는 건 심각한 일이었다.

'물론 내가 신경 쓸 일은 아니지.'

위치스 내부의 사정과 별개로 미네르바가 태양에게 내건 조건은 꽤 만족스럽긴 했다.

마지막 다섯 개 후보를 추릴 때까지 위치스도 남아 있었으니까. 물론 위치스는 그 5개의 클랜 중에서 가장 처음으로 잘려 나갔다.

어쩔 수 없는 일이었다.

위치스가 태양에게 해 줄 수 있는 모든 일에 대해서 강철 늑대 용병단이 더 좋은 조건을 제시했다.

결국 남는 것은 지력 정도였는데 딱히 태양에게 지력이라는 클랜 시너지가 중요하지도 않았다.

다만, 위탁 형식으로 란을 위치스에 맡길 생각은 있었다.

원 소속을 위치스로 하고, 태양의 클랜에 '임대' 보내는 형식으로.

그렇게 하면 란에게 중요한 지력 시너지도 챙길 수 있고, 교류를 통해 란의 성장도 도모할 수 있다는 계산이었다.

'물론 저쪽에서 허락해야 성립되는 일이기는 하지만.'

이틀간의 미팅 과정에서 위치스는 그럴 용의가 충분히 있어 보이긴 했다.

단상에 선 태양이 목을 가다듬었다.

"크흠."

목소리에 담긴 마력이 낮게 깔린 헛기침을 모두의 귀에 전달했다.

대단치는 않지만 섬세한 마력 운용.

시끄러웠던 클랜 하우스가 태양의 헛기침 한 번에 조용해졌다.

태양이 그들을 보며 입을 열었다.

"미사여구 없이 가겠습니다. 오래 끌 일도 아니고요."

태양의 말에 플레이어들이 작게 숨을 멈췄다.

태양이 한 테이블에 시선은 던졌다.

허공, 실버, 카인이 그를 바라본다.

태양이 씨익 웃었다.

"제가 갈 곳은 A등급 클랜. 유리 막시모프입니다. 감사합니다."

짙은 정적.

태양은 곧바로 클랜 하우스를 빠져나갔다.

윤택을 비롯한 불꽃의 플레이어가 태양을 호위하듯 둘러쌌다.

"유리 막시모프? 1인 클랜?"

"윤태양이 유리 막시모프 클랜에 들어갔다고?"

"무, 무슨 소리야 이게?"

유리 막시모프의 클랜 하우스는 좁았다.

방이 유독 많은 것만 제외하면, 클랜 하우스보다는 가정집이 더 어울리는 비주얼이랄까.

당연한 일이었다. 그동안 클랜 하우스를 사용할 사람은 유리 막심모프 단 한 사람이었으니까.

"오늘부터는 아니겠지만 말이야."

유리 막시모프가 클랜 하우스 한편에 비치되어 있는 철문을 열었다.

끼익.

"여기 보면 내가 전에 썼던 것. 남아 있어."

"안 팔고 잘도 모아 뒀네?"

"대부분 스테이지에서 자급자족했어."

옆에서 팔짱을 낀 채 그 모습을 지켜보던 살로몬이 태양에게 물었다.

"슬슬 알려 주지 그래."

"뭐를?"

"이 클랜을 선택한 이유 말이야."

"아. 오, 이거 쓸 만하겠다."

끼익.

태양이 집어든 것은 어깨 보호구였다.

마침 운룡과의 결투 중에 파손되었던 부위를 정확히 가려 줄 만한 장비.

살로몬의 눈살이 찌푸려졌다.

태양이 쥐고 있는 견갑도 양질이라고는 할 만하지만, 최고등급은 아니었다.

강철 늑대 용병단이나 여타 S, A등급의 클랜들이 제시한 조건에 비하면 한참 떨어지는 물건이었다.

"이유라. 일단 일차적으로 이야기해 주자면, 유리 막시모프는 우리의 행동을 전폭적으로 지지한다고 했거든. 어떤 경우에도 내 선택을 말리지 않겠다고 말이야."

유리 막시모프가 고개를 끄덕였다.

"맞아. 자살하러 간다고 해도 안 말려."

"하하, 성능 확실하지?"

"그리고?"

고작 그 이유 하나 때문이라면, 살로몬은 즉각 태양에게서 등을 돌릴 의향이 있었다.

다행히도 태양은 '일차적으로'라며 설명을 시작했다.

할 말이 더 있다는 이야기.

태양이 유리 막시모프에게 고개를 돌렸다.

"그거, 보여 줘."

"그거?"

"개인용 스테이지 출입문."

"그건 이쪽."

유리 막시모프가 창고 반대편의 문을 열었다.

우웅.

마법진이 드러났다.

살로몬이 마법진을 보며 눈썹을 들어 올렸다.

"이건?"

"클랜 전용 스테이지 출입문이야. A등급 이상의 클랜은 클랜 하우스에 클랜 전용 던전 출입구를 만들 수 있거든."

쉼터 중앙에 있는 공용 게이트를 사용하면 따라 들어오는 하이에나만 수십이다.

"물론, 일반적인 출입구는 아니야."

태양이 마법진에 손을 가져다 대자, 마법진에서 커다란 빛이 일어났다.

이데아 접속.

유리 막시모프 클랜의 클랜 전용 던전 출입구는 스킬 '이데아 접속'으로 강화됐다.

"이 출입구는 스테이지를 선택할 수 있어. 첫 번째 스테이지에 한정해서지만."

유리 막시모프가 강화된 던전 출입구를 보여 준 순간, 태양의 행선지는 결정됐다.

장비와 카드, 무공, 골드.

좋다.

무력의 강화는 더 많은 업적을 챙기는 데 도움이 될 테니까.

하지만.

강화된 던전 출입구를 통해 얻어 낼 수 있는 업적.

그리고 강화된 무력을 통해 얻어 낼 수 있는 업적.

저울은 쉽게 기울었다.

이유는 간단하다.

태양에게는 '유저'로서 가지는 정보 우위가 있으니까.

어떤 스테이지로 들어갈지 알고, 그 스테이지의 공략법도 안다. 답안지를 보고 시험문제를 푸는 것과 다를 바 없지 않은가.

태양이 유리 막시모프에게 악수를 청했다.

"잘 부탁한다고."

"그래, 나도."

[A등급 클랜 '유리 막시모프'의 클랜장, 유리 막시모프가 플레이어 윤태양(S+)에게 클랜 가입을 권유합니다.]

[플레이어 윤태양(S+)이 A등급 클랜 '유리 막시모프'에 가입했습니다.]

[A등급 클랜 '유리 막시모프'의 클랜장, 유리 막시모프가 플레이어 살로몬 아크랩터(A+)에게 클랜 가입을 권유합니다.]

[플레이어 살로몬 아크랩터(S+)가 A등급 클랜 '유리 막시모프'에 가입했습니다.]

[A등급 클랜 '유리 막시모프'의 클랜장, 유리 막시모프가 플레이어 메시아(B)에게 클랜 가입을 권유합니다.]

[플레이어 메시아(B)가 A등급 클랜 '유리 막시모프'에 가입했습니다.]

A등급 클랜, 유리 막시모프에 팀 윤태양이 이적하는 순간이었다.

만찬장 (1)

번뜩.

눈을 뜬 운룡이 주위를 둘러보았다.

하얀 대리석.

마음을 편안하게 만들어 주는 향.

낮은 채도의 노란빛 불.

신전이었다.

운룡은 자리에서 일어났다.

"……회복은 완벽하군."

태양과의 결투에서 왼쪽 다리를 잃었던 기억이 생생했다.

결손 후 회복한 신체에 대해 잠깐의 적응 기간을 가진 운룡은 곧장 신전에서 빠져나왔다.

한밤중인지, 마주치는 사람은 없었다.

대리석으로 이루어진 신전을 빠져나오자 아스팔트와 콘크리트로 이루어진 통합 쉼터의 도시가 운룡을 맞이했다.

창천 차원의 문명도, 에덴 차원의 문명도 아닌 이 차가운 질감의 재료는 운룡의 마음에 영 들지 않았다.

운룡이 천뢰굉보를 응용한 신법을 통해 도시를 가로질렀다.

운룡의 발에서 번뜩번뜩 노란 빛이 떠오를 때마다 풍경이 주르륵 밀려났다.

얼마나 지났을까.

아스팔트 빌딩 숲이 사라지고, 목재로 만들어진 건물이 많아지기 시작했다.

도시 동쪽, 창천 출신 플레이어들의 보금자리.

소무림(小武林)이었다.

운룡은 한달음에 소무림 사이에서도 가장 크고 넓은 담벼락을 가진 건물로 들어섰다.

"어, 어엇!"

운룡의 얼굴을 알아본 경비병이 그를 보며 감탄사를 내뱉었다.

"장문인 계시나?"

"계십니다. 잠깐, 들어가시려면 절차가……."

"절차는 무슨."

허공의 존재를 확인한 운룡이 저지하는 경비병의 팔을 가볍게 치우며 건물 안으로 들어섰다.

장문인 허공을 제외하면, 천문이라는 문파 내에서 운룡의 행동을 저지할 만한 사람은 없었다.

물론 배분상으로의 이야기다.

천문의 클랜 하우스는 궁궐 같았다.

담벼락으로 둘러싸여 있고, 그 안에 수십 개의 건물이 연못, 나무, 정원과 조화를 이루며 지어져 있었다.

운룡은 무심한 얼굴로 그 아름다운 광경의 중앙으로 걸어 들어갔다.

한참을 더 걸어도 목적지는 나오지 않았다.

"언제 봐도 같군. 지나치게 향락적이야."

운룡이 천문의 클랜 하우스에서 지내지 않는 이유였다.

견물생심.

등이 따뜻하고 먹을거리가 충분하면 수련할 시간을 해이하게 보내는 법이다.

마침내 운룡의 발걸음이 멈췄다.

클랜 하우스의 중심, 장문인의 거처.

천무관(天武館)이었다.

"무슨 일이십니까?"

장문의 수신호위(守身護衛), 단월(斷月)이었다.

"장문인을 만나러 왔다."

"용건을 정확히 말씀하지 않으시면 못 지나갑니다."

"금방 끝나."

운룡이 듣는 시늉도 하지 않고 지나가려 하자 단월이 은장도를 뽑아 들었다.

그를 본 운룡의 눈썹이 들썩였다.

"월이, 많이 컸다?"

"……예외는 없습니다."

그때, 방문 뒤에서 목소리가 들려왔다.

"들어오게."

천문의 장문, 허공의 목소리였다.

쾅.

운룡은 거칠게 문을 열고 들어갔다.

식사 중이었는지 탁자에 온갖 기름진 음식이 널브러져 있었다.

운룡이 허공의 반대편에 앉으며 이죽거렸다.

"모든 일엔 원인이 있지. 장문인 배때기에 기름이 끼는 이유가 따로 있는 게 아니었구먼?"

과하다 싶은 모욕.

허공은 마치 듣지 못한 것처럼 태연한 안색으로 되물었다.

"몸은 어떤가? 괜찮나?"

"괜찮지. 뭘 새삼."

달그락.

노릇하게 구워진 생선이 허공의 입안으로 들어갔다.

신진의
원코인
클리어

"맛있어?"

"자네도 들 텐가?"

"먹겠어?"

운룡의 삐딱한 말투에 허공이 고개를 내저었다.

"미식을 모르다니. 안타까운 일이야."

미식을 모르는 것보다 무공을 잊는 게 더 안타까운 일 아닐까.

운룡은 입 밖으로 튀어나오려는 말을 간신히 집어넣었다.

허공과 싸우려고 온 것은 아니었으니까.

간단히 식사를 마친 허공이 물었다.

"어떻던가?"

"뭐가?"

"윤태양."

운룡이 눈이 가라앉았다.

"대단하더군."

"어느 정도인 것 같나?"

"잠재력을 최소한으로 잡아도, 등급값은 하겠더군."

곧은 자세로 찻잔을 내려다보던 허공이 슬며시 웃었다.

"속이 쓰리군. 20층 모집군만 되었어도. 아니, 위력이 절반만 제대로 나왔어도 자네가 질 일은……."

"변명이야."

운룡이 허공의 말을 잘랐다.

천제지공(天帝之工)은 커다란 내공이 뒷받침 되어야 제대로 된 위력을 내는 무공이기는 했다.

카드 슬롯이 닫히고, 능력을 제한당한 게 치명적으로 작용한 것 역시 맞았다.

하지만 변명이다.

운룡과 태양은 같은 조건으로 싸웠다.

그리고 완벽하게 패배했다.

그뿐이다.

방만한 자세로 앉아 있던 운룡이 문득 툭 내뱉었다.

"탑을 오를 생각이야."

허공의 시선이 찻잔에서 운룡에게로 향한다.

운룡은 별 다른 말없이 어깨를 으쓱였다.

"의외로군. 내가 설득할 때는 꿈쩍도 하지 않았잖나."

"그때는 다 이겼잖아. 지금은 졌고."

운룡이 탑을 오르지 않은 이유.

간단하다.

탑을 오르는 것보다 수련장에 처박혀서 무공을 수련하는 게 낫다고 생각했으니까.

그 사실은 고층에 도달한 플레이어들을 보면서도 바뀌지 않았다.

하지만, 태양을 만나고 나서 이야기가 달라졌다.

'새로운 벽이야. 높고, 단단하고, 무섭도록 성장하는.'

신편의
원코인
클리어

범인은 새로운 장애물 앞에서 절망하지만, 천재는 오히려 향상심을 불태운다.

지금 운룡의 상태가 정확히 그랬다.

그리고 벽을 넘기 위해선 당연하게도, 이제까지 해 온 것과는 다른 것을 해야 하는 법이다.

그리하여 운룡이 낸 답이 바로 차원 미궁 등반이었다.

호록.

차를 한 모금 들이켠 허공이 웃었다.

"잘 생각했네."

연유는 상관없고, 사실이 중요하다.

뇌제가 탑을 오르기 시작한다는 사실이.

'나쁘지 않군.'

S⁺등급의 플레이어를 영입하진 못했지만, 그 등장 덕분에 천문은 새로운 전력을 얻게 될 것임으로 호재다.

"언제부터, 어떻게 도와주면 되겠나?"

※

태양이 선언했다.

"다인전은 안 해."

메시아가 고개를 끄덕였다.

"들어간 클랜이 1인 클랜인 유리 막시모프라면, 다인전까지

하면서 시간을 버릴 필요가 없지."

천문이나 강철 늑대 같이 큰 클랜에 들어갔다면, 몸값과 영향력을 과시하고 누리기 위해 어느 정도 액션을 취해 줄 필요가 있었다.

게다가 이미 신청했기 때문에, 여기서 포기하면 항복을 하는 그림이 된다.

이미 1모집군 개인전을 우승했기 때문에 태양의 무력에 관한 뒷말은 나오지 않았겠지만, 나머지 멤버에 관한 이야기는 나올 수도 있었다.

하지만 유리 막시모프에 들어오면서 이야기가 달라졌다.

A등급이지만 1명.

작은 클랜이다.

증명이고 과시고 필요가 없는 곳이다.

이럴 시간에 다음 스테이지를 클리어하는 게 낫다.

"오히려 클랜전에 이목이 쏠려 있을 때 진행하는 게 낫지."

태양의 명성에 군침을 흘리는 하이에나는 필연적으로 있을 테고, 이런 족속은 만나면 귀찮을 뿐이다.

란이 중얼거렸다.

"그나저나, 클랜장은 무슨 생각인 걸까?"

"응?"

"그렇잖아. 이제까지 1인 클랜으로 운영해 오던 클랜에 갑자기 너를 영입하는 이유가 뭐냐고. 더 큰 세력을 원했으면 진작

신컨의
원코인
클리어

했어야 되는 거 아니야?"

담배를 문 살로몬이 어깨를 으쓱였다.

"단순히 원하는 게 있을 거라는 생각도 약간은 어폐가 있지 않나? 오히려 세력 구도의 변화를 원하지 않아서일 수도 있어."

"천문, 아그리파, 강철 늑대. 세 곳 중 한 곳이라도 태양을 가지면 밸런스가 무너질 테니까?"

"그래. 실제로 태양을 영입하는 데 유리 막시모프가 쓴 건 이미 반영구적으로 강화된 스테이지 출입문이잖나. 운용한다고 유리 막시모프 본인에게 피해가 가는 것도 아니고 말이지."

"알겠는데, 담배는 나가서 피우면 안 돼? 냄새가 밴 단 말이야."

"아."

"됐고. 태양, 너는 뭐 들은 거 없어?"

란이 태양을 바라봤다.

대답을 강요하는 그 눈빛에 태양이 어깨를 으쓱이며 대답했다.

"안정적인 A등급 유지가 혼자 힘으로는 버겁다고 이야기하더라고. 솔직히 그 이야기를 100% 신뢰하긴 어렵긴 해. 이제까지 꽤나 긴 시간 동안 혼자 유지해 왔잖아."

"그럼?"

"모르지. 나도 그냥 스테이지를 선택 가능한 이 사기적인 던전 출입구 때문에 여기로 오기로 결정했거든."

살로몬이 물었다.

"그럼 유리 막시모프의 의도는 투명하게 드러나지 않은 건가?"

"응, 사실 따지자면 그렇게 되지. 걱정은 안 해도 돼. 뭣하면 탈퇴하면 되니까."

클랜마다 강력한 위계질서가 잡혀 있는 곳도 있고, 아닌 곳도 있었다. 하지만 그것은 클랜에 소속된 플레이어가 만들어 낸 분위기이지, 시스템적으로 강요당해서 분위기가 형성되는 일은 없었다.

클랜장이 클랜원에게 실질적으로 행사할 수 있는 권한은 '클랜 탈퇴'뿐이었다.

실제로 A등급이나 S등급의 클랜이 아닌, 어정쩡한 관계로 돌아가던 클랜들 같은 경우는 정말 하루 만에 해체되고, 또다시 생겨나는 경우도 있었다.

태양은 문득 조용한 인상의 유리 막시모프를 생각했다.

의도가 무엇일까.

당장 손에 무엇을 쥘 수 있는지 고민하다 보니, 상대적으로 유리 막시모프의 의도에는 소홀한 경향이 있었다.

이내 그가 고개를 흔들었다.

"잘 모르겠는 건 나중에 생각하고."

"그래."

"메시아, 다음 스테이지 너도 같이 갈래?"

메시아가 설레설레 고개를 저었다.

"아니, 아직 능력을 완벽하게 체득하지도 못했다. 그리고 나랑 가면 스테이지 선택지가 너무 줄어든다."

"휴, 그나저나 정말 괜찮겠어? 유리 막시모프 클랜, 너한테도 좋을 텐데?"

실제로 그랬다.

흡혈귀의 고질적인 문제점이 사망 스테이지와 같은 치명적인 사례에 걸리면 굉장히 애로 사항을 겪는다는 것인데, 1 스테이지만이라도 선택권을 가질 수 있게 된다면 부분적으로나마 그런 약점이 개선된다는 이야기였으니까.

메시아가 고개를 흔들었다.

"12층부터 설계해 온 일이 있다. 포기할 수가 없어."

"뭐, 네가 그렇게 말한다면야."

⚜

콰앙!

식탁을 내리친 용병단장, 실버가 차분한 얼굴로 되물었다.

"이카루스가 죽었다. 윤태양은 영입에 실패했고. 들인 돈이 얼마라고?"

"저희가 본 손해를 대략적으로 따지면 1만 골드 정도……."

콰앙!

실버가 다시 한번 책상을 내리쳤다.

돈이 문제가 아니다.

상처 난 자존심이 그의 심기를 건드렸다.

"윤태양은, 다음 스테이지로 들어갔나?"

"아직입니다. 하지만 낌새를 보아하니, 미리 신청해 둔 다인 클랜전에 참가할 가능성은 적어 보입니다."

"그 시간에 16~18층을 클리어하겠다는 이야기군."

클랜 게이트를 이용하던, 공용 게이트를 이용하든, 게이트 이용 내역은 모두 중앙에 투명하게 공개됐다.

만약 플레이어가 스테이지에 도전했다면 무조건 흔적이 남는 것이다.

이는 플레이어가 다른 이들의 이목을 피해 몰래 들어가는 일을 방지하기 위한 규칙이었다.

당연히, 마왕이 플레이어 간의 싸움을 조장하기 위해 세워 놓은 방법 중 하나다.

툭툭.

책상 표면을 두드리던 실버가 명령을 내렸다.

"일단 15층에서는 적당히 방해만 해 보자."

"방해만. 죽이는 건 아니고, 방해 정도만 입니까?"

"그래. 아니, 방해도 힘들면 포기해. 기량이 높은 거랑 안에서 상황을 이끄는 건 아예 다른 관점이니까."

유의미한 방해 공작을 펼치는 것보다 태양의 정보 수집에 의의를 둔 형태로 임무를 수행하라고 명령하던 실버가 문득 물었다.

"다이달로스는 괜찮나?"

"……괜찮지 않습니다."

21층을 클리어한 강철 늑대의 슈퍼 루키 둘.

A등급의 이카루스, B⁺등급의 다이달로스.

하지만 이번 클랜전을 통해 이카루스는 태양에게 목숨을 잃고, 다이달로스만 남게 되었다.

그리고 이카루스는 다이달로스의 손자였다.

"아직도 공방에서 두문불출하고 있나?"

"그렇습니다."

실버의 미간이 좁아졌다.

"다음 층으로 보내."

"안 간답니다."

"억지로라도 보내."

"어르고 달래고, 협박까지. 할 수 있는 건 다 해 봤습니다. 본인 의지가 너무 확고합니다."

"이런."

실버가 이마를 부여잡았다.

다이달로스는 이미 복수에 눈이 돌아 버린 모양이었다.

이해하지 못할 바도 아니었다.

손자를 잃었으니 그 복수를 하고 싶겠지.

"젠장. 하필이면 그 상대가……."

그때였다.

콰앙!

중앙의 게이트 이용 내역을 전담으로 감시하던 플레이어였
다.

"윤태양, 게이트에 입장했습니다!"

16층부터 18층은 제 62계위 마왕, 용왕 발락의 영역이었다.

발락이 용왕이라는 이명을 가진 이유는 간단했다.

크롸라라라!

크롸라라라라라락!

크롸아아아!

허공을 유영하는 수십 마리의 마룡(魔龍).

마계에 서식하는 모든 마룡이 그의 신하였기 때문이다.

16층. 만찬장 스테이지는 말하자면 발락의 양식장이다.

마계에는 흉포하고 강력한 괴물이 많았다.

마룡은 강인한 힘과 단단한 비늘, 그리고 압도적인 출력의
마나 하트(Mana Heart)를 타고나는 족속이지만, 성룡이 되기 전에
그런 괴물들에게 잡아먹히기 일쑤였다.

실제로 성룡급에 막 도달한 운타라가 태양에게 잡혔던 것처

럼.

마룡의 씨는 귀하고, 발락은 허무하게 죽는 마룡을 없애기 위해 이와 같은 양식장을 운영했다.

그렇다면 왜 발락의 양식장이 '만찬장'이라는 이름의 스테이지인가.

간단했다.

플레이어들이 이 아룡들의 만찬이기 때문이다.

"젠장, 만찬장라니."

"선배들이 말하던 가장 최악의 스테이지 아니야?"

"살아 돌아가면 기적이겠군."

주변의 플레이어들이 허공을 유영하는 마룡을 바라봤다.

그때였다.

후욱.

엄청난 밀도의 마나가 스테이지를 뒤덮였다.

이내 플레이어들의 몸이 허공에 떠오르기 시작했다.

스테이지에 들어온 수백 명이 동시에.

'이건.'

태양이 눈을 치떴다.

저항할 수 없었다.

강력한 자석에 끌어당겨지는 철 조각 같았다.

저항을 위해 마력을 발출했지만, 의미 없는 짓이었다.

태양의 마나는 해저 깊은 곳으로 내려간 풍선처럼 쪼그라들었다.

'압도적인 질량.'

두근.

드래곤 하트가 마나에 반응한다.

태양이 본능적으로 가슴을 움켜쥐었다.

잠깐 사이에 수백 명의 플레이어가 한곳에 모였다.

콰드득.

거대한 덩치의 용인(龍人)이 플레이어들을 파충류의 눈으로 플레이어들을 훑었다.

"새로운 버러지들이로군."

쿵.

플레이어들을 잡아 주던 마나가 일순간에 사라졌다.

"헉!"

"으악!"

하지만 플레이어들은 바닥으로 떨어지지 않았다.

어느새 그들의 발밑에는 투명한 벽이 있었다.

살로몬이 중얼거렸다.

"마나 결정."

"뭐?"

"마나를 억지로 뭉쳐서 발판을 만들었어."

마법이나 주술의 재가공을 통해 만들어 낸 현상이 아니었다.

순수한 마나의 결집.

란이 신음을 내었다.

"대체 얼마나 많은 내공을 쌓았기에."

발락이 손을 뻗자, 태양의 몸이 튕기듯이 날아가 그에게 잡혔다.

부지불식간에 벌어진 일.

파충류 특유의 세로 동공이 번뜩인다.

"커헉."

"네놈이 윤태양인가."

태양의 심장 주위로 흉포한 마나가 죄어들었다.

마치 발락이 태양의 가슴에 손을 박아 넣어 심장을 직접 쥐고 있는 듯한 압박감.

"이 새끼."

곧 발락이 이를 드러냈다.

태양의 심장에 깃들어 있는 운타라의 드래곤 하트를 느낀 것이다.

"용을 죽였나."

태양이 이를 악물었다.

대답이 필요한 질문이 아니었다.

심장에 잠들어 있는 드래곤 하트는 용살자의 표식이나 다름없다.

꽈드드드득.

강해지는 압력에 태양의 안색이 창백해졌다.

발락이 태양을 붙잡은 채 말을 이었다.

"24시간. 아이들의 밥시간이다. 버텨 내면 살고, 잡아먹혀 죽으면 끝."

[6-1 만찬장: 24시간 동안 생존하라.]
[제한 시간: 24:00]

플레이어들의 눈앞에 증강현실이 나타남과 동시에.
쨍그랑!
플레이어들을 받치고 있던 바닥이 깨졌다.
"으아아아악!"
"살려 줘!"
"히이익! 밑에! 밑에!"
떨어지는 플레이어를 향해 마룡들이 마구잡이로 달려든다.
발락이 손에 쥔 태양을 잠시 바라보았다.
직접 목숨을 끊고 싶으나, 그러면 일이 복잡해진다.
"내려가서 죽어라, 버러지."
발락이 태양을 내던졌다.

※

만찬장 스테이지는 커다란 미로 형태의 협곡이었다.

깊게 파여 있다고는 하지만, 제공권을 장악한 마룡들에게는 의미 없다.

즉, 협곡이라는 지형은 플레이어들에게만 불리한 제약이다.

만찬장이라는 이름 그대로 스테이지는 이름 그대로 마룡들의 식탁이었다.

마룡들은 플레이어를 잡아먹으면서 충분한 영양소를 얻는다.

또한 도망치거나 저항하는 플레이어를 사냥하는 경험을 통해 야성과 흉포함과 같은 맹수의 미덕을 기른다.

란이 외쳤다.

"왼쪽, 3마리. 밀어낼 수 있어? 안 되면 내가 하고!"

"내가 하겠다."

후욱.

살로몬이 연기를 내뱉으며 수인을 맺었다.

스모크 매직: 클라우드 월(Cloud Wall).

파앙!

내뱉은 연기가 수배로 몸을 불리며 협곡을 가렸다.

크롸라라라!

한 마룡이 구름 벽 안으로 머리를 들어 밀었다.

벽은 그대로 뚫렸지만, 마룡의 몸에 달라붙은 연기가 그대로 비늘을 부식시키기 시작했다.

그 모습을 보며 태양이 진각을 밟았다.

쿠웅.

스타버스트 하이킥(Starburst High Kick) - 캐논 폼(Canon Form).

파앙!

태양의 발끝에서 뻗어 나온 빛무리가 마른 마룡의 가슴어림을 강타했다.

크롸라라라!

약이 오른 듯 더욱 크게 소리를 질러 대는 마룡.

그때 란이 외쳤다.

"찾았어! 들어간다!"

란이 찾아낸 것은 미로 사이에 나 있는 균열이었다.

바깥에서 보기엔 어디로 연결되어 있는지 예상할 수 없는.

자연적으로 생긴 듯한, 사람 하나가 겨우 지나갈 수 있을 정도의 균열.

란은 망설임 없이 균열을 비집고 들어가 몸을 던졌다.

후웅.

란의 몸체가 들어감과 동시에 균열이 일렁인다.

명백히 마법적인 현상이었다.

"따라 들어가겠다!"

"빨리!"

이윽고 살로몬이 들어가고.

정의행(正義行) 1식 - 통천(通天): 윤태양식(式) 어레인지.

뻐엉!

뒤이어 달려드는 마룡에게 신기술(?)을 선사한 태양이 뒤따라 들어갔다.

콰아앙!

뒤늦게 균열을 향해 앞발을 휘둘러 봤지만, 셋은 이미 균열
안으로 진입했다.

크롸라라라라라라!

크롸라라라라락!

크롸아아아아아아!

졸지에 태양 일행을 놓친 3마리의 마룡이 사납게 울부짖었
다.

탄광을 연상케 하는 동굴에서 태양이 이마를 훔쳤다.

—몸은 괜찮아?

"좀 나아졌어. 휴우, 빡세네."

—빡세지. 그런 스테이지거든.

여느 판타지 배경 기반의 게임이 그렇듯이 단탈리안에서도
용종(龍種)은 강력한 몬스터였다.

그런 용이 수십 마리씩 나오는 스테이지.

만찬장은 16층 스테이지 중에서도 가장 높은 난이도의 스테
이지였다.

20층 대 스테이지에서도 보기 힘든 수준의 극악한 환경이

라, 몇몇 유저는 만찬장 스테이지를 단탈리안 제작진의 밸런싱 실패 사례로 꼽기도 했다.

"젠장. 시작하자마자 메모라이즈(Memorise)해 둔 마법의 절반이 날아갔군."

살로몬이 신경질적으로 담배를 꺼내 물었다.

란도 전투로 산발이 된 머리를 정리했다.

"어려울 거라고 말은 했는데, 이건 내가 생각한 거 이상이네."

우득, 우득.

태양이 이리저리 목을 꺾어 댔다.

"젠장. 발락이 나를 붙잡는 바람에 초반부터 페이스가 말렸어. 훨씬 쉽게 갈 수 있었는데."

발락에게 붙잡혔던 부위가 시꺼멓게 죽어 있었다.

얼마나 강하게 붙잡았는지, 수시간이 지나간 지금도 아릿하게 통증이 올라올 정도였다.

"그러니까. 왜 너한테 그러는 거야? S⁺등급이라서 그런가?"

"드래곤 하트를 느낀 모양이야."

최대한 드래곤 하트의 기척을 죽여 보려고 노력했지만 잘되지 않았다.

태양의 마나 운용이 미숙한 점도 있었지만, 발락의 마나가 공간을 점하자 반사적으로 드래곤 하트가 반응했기 때문이다.

─이런 경우는 나도 처음이라서 예상 못 했어. 미안해.

신린의
원코인
클리어

"뭘 미안해. 이런 사례가 유저 중에서는 내가 처음이라면서. 모르면 당해야지. 뭐."

태양이 투덜댔다.

아직도 발락의 손아귀에 붙잡혔던 경험도 좋지는 않았지만, 더욱 싫었던 건 따로 있었다.

심장을 조여 오던 압박감.

거대한 무언가가 몸속의 장기를 짜부라뜨리는 직접적인 감각은 말 그대로 끔찍했다.

그때의 감각을 떠올린 태양이 저도 모르게 몸서리를 쳤다.

"아무튼, 힘든 만큼 얻어 가야 하잖아? 빨리 빨리 움직이자고."

난이도와 보상이 비례하는 법.

당연히 플레이어 전멸도 심심치 않게 일어나는 만찬장 스테이지에서 얻어 갈 보상은 컸다.

만찬장 스테이지는 24시간을 버티는 게 조건이다.

하지만 마냥 버티기만 하면, 그림이 재미없어진다.

그렇기에 발락은 12시간째에 서브 퀘스트를 집어넣었다.

서브 퀘스트, '영양 간식'.

발락이 준비한 특제 영양제가 플레이어에게 깃든다.

"12시간째에 알람이 나타난다고 했지?"

―응. 시스템 창으로 나올 거야. 수락하면 우리한테 그 영양제가 깃드는 거지.

영양제가 깃들면 몸에서 마룡이 추적할 수 있는 향이 나게 된다.

비밀 통로에 숨어 있더라도 마룡들이 냄새를 맡고 찾아올 수 있게 되는 것이다.

시간이 지나 약효가 돌기 시작할수록 향이 강해지는데, 스테이지 종료가 2시간 남은 시간쯤까지 살아남으면 스테이지 전체에 향이 진동할 정도가 되었다.

모든 마룡이 영양제가 깃든 플레이어를 타깃으로 하게 되는 것이다.

─어지간한 난장판이 아닐 거야. 마음 단단히 먹는 게 좋아.

하지만, 플레이어에게 영양제가 깃드는 건 나쁜 점만 있는 건 아니었다.

"특전, 절대 포기 못 하지."

무려 마왕 발락이 직접 만든 영양제는 용의 성장만 촉진시키지 않았다.

플레이어가 살아남기만 한다면, 영양제의 효과는 해당 플레이어의 몸에서 개화했다.

피부(비늘), 눈, 심장, 피, 뼈, 근육.

개화한 영양제는 플레이어의 신체 부위를 무작위로 강화했다.

영양제 특전에 대해 생각하던 란이 문득 중얼거렸다.

"태양. 너는 심장 강화 걸리면 엄청나겠는데? 드래곤 하트도 같이 강화될 거 아니야. 용의 심장이니까 오히려 약효가 더 잘 받을지도 몰라."

"아니, 아니지."

태양이 고개를 내저었다.

"난 심장은 별로야."

"왜?"

"당장 드래곤 하트도 마나 회로가 못 견디잖아. 죽을 맛이라고."

16층에 입성한 현재 기준으로, 태양의 신체는 명백히 밸런스가 깨져 있었다.

오토바이로 치자면 차체는 가벼운데 과도한 배기량의 엔진을 달고 있는 형상이랄까.

신나서 스로틀을 돌리면 그대로 차체가 뒤집힐 정도로 엔진만 강력한 상태였다.

심장이 강화되어 버리면 그렇지 않아도 간신히 버티고 있던 마나 회로부터 시작해서 신체 곳곳에 문제가 발생할 가능성이 컸다.

'물론 이론적으로 그렇다는 건 아니고, 내가 느끼는 감이 그렇다는 거지만.'

마나 자체가 '감'으로 다루는 무언가인 만큼 감을 무시한다는 것 자체가 불안한 일이다.

오히려 심장이 아니라면 나머지 부위는 다 좋았다.

"문제야, 문제. 특전이고 스킬이고, 다 신체에 과부하를 주는 느낌이란 말이지."

수치로 표현되지는 않았지만, 감각적으로 느껴진다.

컴퓨터로 비유하자면 하드웨어가 소프트웨어를 받쳐 주지 못하는 느낌이랄까.

─ㅋㅋ 어이없긴 하네.

─아주르 머프는 단탈리안에서 자기 캐릭터 성능만 100% 발휘해도 랭커는 찍을 거라고 했는데.

─확실히 수준이 다르긴 해.

─해결책이 따로 없나?

현혜와 태양이 머리를 맞대 낸 해결책이 결국 만찬장 스테이지였다.

영양제의 신체 강화가 심장만 걸리지 않는다면, 결국 하드웨어를 강화할 수단이 될 테니까.

살로몬이 물었다.

"보상을 얻고도 나쁜 상황에 직면할 수 있다는 건가?"

"아니. 당장 죽는 게 아니잖아? 영양제가 심장을 강화하더라도 란 말대로 당장 전력 상승은 확실하게 이루어질 거야. 그걸 굴려서 또 다른 방법을 찾아봐야지."

"듣고 보니 그도 그렇군."

"그나저나, 아직 얻지도 않은 보상 이야기는 그만하자고."

태양이 품속에서 종이를 꺼냈다.

신권의
원코인
클리어

만찬장의 미로 협곡과 비밀 통로를 기록해 둔 지도였다.

쿠웅!

크롸라라라라라라!

그때 반대편에서 마룡의 포효소리가 들려왔다.

비밀 통로로 들어오던 플레이어가 마룡에게 발각된 모양이었다.

영양제가 깃들지 않은 상태이더라도 않더라도 이렇게 비밀 통로가 들통나는 경우가 종종 나타나고는 했다.

태양이 중얼거렸다.

"신경 쓰지 마. 우린 우리 할 거 하자고."

만찬장 스테이지는 해야 할 밑 작업이 많다.

"보자."

펄럭.

태양이 지도를 살폈다.

지금부터 영양제가 나타나기까지 약 10시간 동안 해야 할 일은, 지도에 기록해 둔 중요한 거점들이 파괴되지 않은 채 잘 있나 확인하는 것이었다.

파괴되지 않았다면 그 안에 어떤 플레이어들이 있는지.

파괴되었다면 완전히 무너져서 거점으로써의 역할을 할 수 없는 건지, 아니면 최소한의 역할은 할 수 있는지도.

툭.

그사이 한 까치를 다 핀 살로몬이 이리저리 고개를 꺾으며 말했다.

"일단 반대쪽부터 확인인가?"

"맞아. 위치가 좋아. 협곡 중앙. 우선 주변으로 연결되는 중요 거점 몇 곳부터 건재한지 확인해 보자고."

"3조! 3조 조장 누구야! 초지검! 어디 갔어!"

"떨어지는 과정에서 당했습니다!"

"그럼 부조장! 빨리 빨리 나와!"

천문 산하 미르바 클랜의 C+등급 플레이어, 이절검(二絕劍) 고영이 소리를 질렀다.

같은 16층에 도전한 플레이어이건만, 십수 명의 플레이어들이 그 앞에서 반박 한번 하지 못하고 기립했다.

고영은 미르바 클랜에서 임명한 '교관'이었다.

교관.

남들을 이끌 재능이라 판정받고 16층의 플레이어를 지휘하기 위해 훈련하는 플레이어.

고영은 태양보다 몇 달이나 일찍 통합 쉼터에 들어와서, 미르바 클랜의 눈에 들어 영입된 이후 체계적인 교육을 받고 16층에 투입됐다.

고영이 위압적인 어조로 플레이어들에게 윽박질렀다.

"각 조의 조장을 기준으로 3열 종대로 헤쳐 모여!"

"헤쳐 모여!"

군기가 바짝 든 플레이어들이 일사불란하게 움직여 고영 앞에 헤쳐 모였다.

고영의 얼굴에 안 좋은 빛이 스쳤다.

본래라면 조장을 포함해서 각 조당 10명, 고영을 포함해 총 31명의 플레이어가 있어야 했다.

하지만 용왕 발락이 스테이지 시작을 선언하고 3시간.

사전에 약속한 중앙 거점으로 모인 인원은 고작 20여 명뿐이었다.

시작하자마자 결원이 삼 할.

고영은 이번 스테이지의 고난을 예감했다.

"만찬장 스테이지. 최악의 스테이지로 꼽히는 곳이지. 알고 있나?"

"알고 있습니다!"

군기가 바짝 든 조원들의 함성에 고영이 손을 내저었다.

"큰 소리로 대답하지 않아도 된다."

고영은 차분한 목소리로 자신이 배운 것을 브리핑했다.

"이번 스테이지의 핵심은 안전한 공간의 확보다. 가령, 우리가 모인 공간 같은 곳."

고영이 손을 들어 하늘을 가리켰다.

"지금 우리가 있는 분지는 전술적으로 쓰레기 분지다. 보면 알겠지만, 위로 공간이 너무 트여 있어서 용들이 습격하기 편하다. 또한 도망치는 경로가 훤히 드러난다."

당장 자신들의 위치가 위험하다는 설명에 몇몇 플레이어의 안색이 나빠졌다.

"그래. 현재 우리의 위치는 위험하다. 우리는 새로운 거점을 찾아야 한다. 하늘이 트여 있지 않고, 길이 많이 뚫려 있는 분지로."

고영이 세 조장을 바라봤다.

"쉼터에서 다른 교관들에게 배운 거점을 위주로 찾되 정보를 10할 신뢰하지는 않는다. 결국 그 정보는 과거의 것. 명심하고 움직인다. 또한, 한 조당 한 곳, 최소 세 곳을 찾는다. 혹시나 주변 플레이어가 12시간째에 주어지는 '그 약'을 먹기라도 하면 주변이 초토화되기 때문이다. 이상. 질문 있나?"

1조의 조장, 승천창 혜영이 손을 들고 질문했다.

"혹시 조원 중에 '그 약'이 깃드는 경우가 생기면 어떡합니까?"

발락의 특제 영양제는 12시간이 지난 시점에 일차적으로 각 플레이어에게 선택권을 제시한다.

약을 먹을 것인가, 먹지 않을 것인가.

하지만 사실 그 선택권은 허울뿐이다.

영양제는 '무조건' 전체 플레이어의 10분의 1 비율로 깃든다.

전체 플레이어가 500명이고 영양제를 받겠다고 선택한 플레이어가 20명이라면, 결국 나머지 30개의 영양제는 영양제를 거절한 플레이어들에게 무작위로 깃드는 것이다.

거점에 모인 미르바 클랜원은 20명.

20명은 적지 않은 숫자다.

대부분 플레이어가 영양제를 거절할 것을 생각하면, 한두 명쯤은 확률의 선택을 받을 거라 가정하고 움직이는 게 현명했다.

고영이 고개를 끄덕였다.

"좋은 질문이다. 일차적으로는 두 가지 방법이 있다. 첫 번째, 즉시 해당 플레이어를 죽이고 자리를 이탈하는 것. 두 번째, 죽이는 대신, 본대에서 빠져나와 최대한 멀어지는 것."

고영의 말에 플레이어들의 안색이 심각해졌다.

운 나쁘게 자신에게 영양제가 깃들기라도 한다면, 그대로 버려진다는 이야기 아닌가.

"일반적으로는 두 번째 선택지를 선택하게 되겠지. 조장이든, 혹은 내가 영양제를 받게 되더라도 예외는 없다."

고영의 단호한 선언에 2조 조장, 한철권 유석이 불같은 목소리로 반박했다.

"동료를 죽이다니요! 그럴 수는 없습니다!"

유석의 말과 동시에 고영이 검을 뽑아 들었다.

스릉.

이절검(二絕劍) 고영의 두 절기 중 하나.

일절(一絕) - 발도(拔刀).

주룩.

유석의 목에서 한줄기 핏줄기가 흘러내렸다.

순식간에 분위기가 얼어붙었다.

"항명은 즉참(卽斬)이다."

"아무리 규칙이라지만, 이건 너무하지 않습니까!"

고영이 유석을 바라보았다.

한철권(寒鐵拳) 유석.

고영과 같은 C+등급의 플레이어로, 통합 쉼터에 올라온 지 한 달이 채 되지 않은 남자였다.

미르바 클랜의 간부들은 유석의 전투적 재능을 고영보다 높게 평가했다.

'하지만 무리를 이끌 재목은 아니라고 했지.'

고영이 차분한 목소리로 일렀다.

"배웠으면 알 텐데? 차원 미궁에서 일어나는 전투의 구 할이 전사자를 동반한다."

"그러면 한 명이라도 살릴 생각을 해야지!"

"죽는 것은 상수고, 버리는 것이 더 많이 살리는 길이라는 뜻이다."

"그걸 말이라고……!"

"천문의 영입부장 악도군께서 직접 말씀하신 사항이다. 불만이 있으면 18층을 클리어한 후 직접 따져라."

유석이 이를 악물었다.

고영이 속으로 한숨을 내쉬었다.

악도군을 들먹였음에도, 유석은 여전히 얼굴을 벌겋게 물들인 채 고영을 바라보고 있었다.

그야말로 반골의 기질.

교관으로서 받은 교육 지침으로는 이런 상황에서 위협 수준으로 그치는 게 아니라, 참(斬)해야 했다.

그래야 중요한 순간 항명이 나오지 않으니까.

하지만 유석의 무력을 배제하기가 너무 아쉽다.

결국 현실과 타협한 고영이 입을 열었다.

"멍청한 대거리는 그만하지. 다른 질문 있나?"

이어지는 침묵.

"각 조장의 통솔 아래, 주변 거점을 확보한다. 확보. 언제든 우리 인원이 거점에 들어갈 수 있는 상태를 말한다. 마룡과 마주칠 것 같으면 미련 없이 후퇴한다. 플레이어는 무력으로 제압해도 좋고, 협상을 해도 좋다."

"넵!"

"다시 이야기하지만, 마룡을 마주치면 무조건 후퇴한다. 업적이 욕심나는 건 물론 알지만, 생존 환경을 굳히는 게 우선이다. 어기는 자가 있으면 필히 참한다. 그럼 지금부터 움직…… 아, 잠깐."

즉시 이동할 준비를 하던 플레이어들의 시선이 다시금 고영에게로 모였다.

"'윤태양'이 우리와 같은 스테이지에 있다."

플레이어들의 눈이 번뜩였다.

고영이 그럴 줄 알았다는 듯 설명을 이었다.

"윤태양은 되도록 건드리지 않는다. 상부의 지시다."

'각인'을 통해 매겨지는 등급.

마족이 직접 측정하는 이 기록은 굉장히 높은 정확도를 보여 줬다.

따라서, 클랜의 높은 플레이어들은 등급을 굉장히 신뢰했다.

클랜은 높은 등급의 플레이어에게 그만큼 각종 자원을 몰아 줬다.

카드, 장비, 그리고 이미 상층으로 올라간 유능한 플레이어의 노하우까지.

낮은 등급의 플레이어는 억울할 수밖에 없다.

'각인'은 높은 정확도를 자랑하지만, 완벽하지는 않다.

당장 강철 늑대의 실버는 A등급이면서 S등급의 플레이어, 카인과 허공과 어깨를 나란히 하는 S등급의 클랜장이다.

마리아나 수도회의 팔라딘 아넬카 역시 B+등급의 플레이어지만 내로라하는 A, A+등급 플레이어보다 강력한 무력을 자랑한다.

등급에 비해 기량이 대단한 사례가 분명히 존재하는 것이다.

그렇다면 자신이 등급보다 대단한 플레이어라는 증명은 어떻게 하는가.

가장 간단한 방법은 자기보다 높은 등급의 플레이어를 잡아
내는 거다.

예를 들면, S⁺등급의 윤태양과 같은.

'허튼 생각을 하지 않게 내가 잘 다스려야겠군.'

고영이 속으로 다짐했다.

하지만 그는 보지 못했다.

몇몇 플레이어의 눈이 욕망으로 번들거리는 것을.

❀

[6-1 만찬장: 24시간 동안 생존하라.]

[제한 시간: 13:11]

–미르바 클랜 대략 20명 정도. 천문에서는 따로 안 나왔고. 강
철 늑대는 각기 다른 녀석들로 5인 세 파티. 아그리파 없고.

"마리아나 수도회. 그리고 강철 늑대 산하 걔네 이름 뭐였
지?"

–아발론 클랜. 마리아나 수도회랑 아발론의 플레이어 약 30명
이 같이 움직인다고. 그리고 나머지는 B등급.

"응. 중요한 건 둘인 거잖아? 미르바 클랜 애들이랑, 마리아
나 아발론 연합."

20, 30명 단위로 움직이는 플레이어들은 확실히 움직임을 잡

아 놓아야 했다.

개개인의 무력과 상관없이 일정 이상의 노동력이 만들 수 있는 변수가 있기 때문이다.

상황을 되뇌며 걷던 태양이 벽을 바라봤다.

"이쯤인가?"

-내 기억에는 아마.

퍼억.

태양이 주먹으로 돌벽을 부쉈다.

단단한 암반으로 구성된 협곡 지대의 벽이 그대로 쑤욱 주저앉았다.

"찾았다."

클랜의 플레이어들도 모르는, 유저들의 보급 공간이었다.

-와. 이게 아직도 있네.

-ㅋㅋㅋ 16층 와 본 척 오졌고요.

-여기 누구 거임?

-누구겠냐? 달님이랑 같이 게임하는 사람들이 만들어 둔 거지.

-아녀?

-ㅇㅇ 아녀랑, 몇 명 더 있잖음. 자주하던 사람들.

-옆의 2명 NPC인데 상관없음?

-이 게임 다시 접속할 유저가 있을까?

-아... 난 하고 싶긴 한데...

-나도...

-하고 뒈지든가 그럼 ㅋㅋ.

보급품은 유사시에 최소한으로 필요한 물건들로 구성되어 있었다.

포션, 붕대 등의 각종 회복 용품, 허기를 달래 줄 건조식품 정도.

다만, 그 사이에 한 가지 중요한 내용물이 있었다.

태양이 집어 든 검은색 덩어리를 본 란이 인상을 찌푸렸다.

"이렇게까지 해야 해?"

"......동감이다."

"쓰읍! 이리 안 와? 다 와서 발라."

마룡의 대변.

인간의 살내음을 지워 주고 마룡의 경계를 낮춰 주는 마룡 한정 위장 용품이었다.

"어차피 냄새 별로 안 나. 정확히는 우리가 못 맡는 수준의 냄새가 나는 거지만."

"기분이 더럽잖아, 기분이!"

"나라고 뭐 안 더러운 줄 아냐? 에잇!"

태양이 란을 향해 덩어리를 던졌다.

"꺄악!"

란이 기겁하며 몸을 날리고.

철퍽.

검정색 덩어리는 살로몬의 풀어 헤쳐진 셔츠 사이에 처박혔다.

　-똥 던지기 에반데 ㅋㅋㅋ.

　-ㅋㅋㅋㅋㅋㅋ 살로몬 표정 ㅋㅋㅋㅋ.

　-이마에 핏줄 선 거 봐라 ㅋㅋㅋㅋㅋ.

　그때, 란이 흠칫 몸을 떨었다.

　"무슨 일이야?"

　"실바람에 꽤 큰 파동이 여럿 잡혔어. 마룡 말고 인간 거로."

　좌르륵.

　특유의 거대한 부채를 펴든 란이 말을 이었다.

　"확인해 봐야 할 것 같은데."

　살로몬이 시가를 문 채 질문했다.

　"방향은?"

　"남서."

　후욱.

　살로몬이 뿜어낸 연기가 남서 방향을 제외한 사방을 가렸다.

　장시간 지속되거나 반복한다면 마룡도 눈치를 채겠지만, 아직 이 정도는 허용치다.

　파앙.

　순식간에 하늘로 치솟아 상황을 확인한 란이 내려왔다.

　"마룡을 사냥할 생각인 거 같은데."

　"벌써?"

"벌써는 아니지. 들어온 지 거의 10시간이 넘게 지났는데."

미르바 클랜과 마리아나–아발론 연합의 플레이어들을 굳이 신경 썼던 이유.

마룡을 상대로 살아남는 것뿐만 아니라, 역으로 마룡의 사냥을 시도할 가능성이 있는 집단이었기 때문이다.

"란, 저 녀석들이 최초 맞지?"

"아마도."

"계획대로 가는 거냐?"

살로몬의 질문에 태양이 씨익 웃었다.

"아무렴. 업적이잖아."

❈

고영이 지휘하는 미르바 클랜의 플레이어들은 순조롭게 거점을 점거했다.

어려운 일은 아니었다.

미르바 클랜의 영향력은 삼대 S등급 클랜을 포함하고도 다섯 손가락 안에 드는 수준이었다. 거점을 차지하고 있던 다른 플레이어들 대다수는 자연스럽게 그들에게 협조했다.

거점을 점거한 고영은 다음 계획을 지시했다.

안전을 확보한 이후 해야 할 것.

업적이다.

2조 조장, 유석이 고영에게 보고했다.

"말씀하신 대로 아룡급 마룡을 유인하는 데 성공했습니다. 현재 2조 조원 세 명이서 3거점으로 유인 중입니다."

"다른 마룡이 따라오는지는 확실히 확인 했나?"

"없습니다. 확실합니다!"

"그래. 없어야 할 거야. 있으면 2조 조원 세 명은 죽는다."

유석의 눈썹이 들썩였다.

하지만 처음과는 다르게 반박은 하지 않았다.

'……다행이군.'

우려와는 다르게, 한 차례 말다툼 이후의 유석은 고분고분했다.

안심한 고영은 곧 다른 플레이어들의 전투태세를 확인하기 위해 이동했다.

유석은 고영을 잠시 바라보다가 이내 자리를 이동했다.

"율시."

미르바 클랜의 신인으로서는 세 명밖에 없는 D+등급 주술사, 율시가 고개를 조아렸다.

유석이 물었다.

"'그들'은?"

"주술의 기척을 확인했습니다. 우리를 감지한 게 분명합니다."

"어느 방향인지 알 수 있나?"

"······제 경지가 낮아 그것까지는 확인하지 못했습니다. 하지만 기의 파동이 여럿 있었고, 바람의 낌새도 있었습니다. 이는 곤륜 지역 풍술의 기미입니다."

모호한 대답.

유석은 문책하지 않은 채 고개를 끄덕였다.

D+등급의 플레이어.

B등급 플레이어 란의 풍술을 어느 정도 감지해 내기만 한 것도 충분히 제 역할을 했다고 볼 수 있다.

이마저도 율시가 탐색에 치중한 재주를 가지고 있지 않았다면 힘들었으리라.

율시가 불안한 표정으로 물었다.

"정말 놈이 이곳으로 올까요?"

"무조건."

유석이 확신에 찬 얼굴로 고개를 끄덕였다

윤태양은 강력한 무력을 가진 개인이었다.

지닌 바 능력이 대단하니 당연히 업적을 욕심낼 수밖에 없다. 그리고 만찬장 스테이지에서 업적을 얻을 수 있는 가장 명확한 방법은 마룡을 사냥하는 것.

하지만 만찬장 스테이지에서 마룡은 개인이 사냥하기에 까다로운 괴수다.

강력한 괴수일 뿐만 아니라 스테이지의 온갖 환경이 사냥을 방해하기 때문이다.

그렇다면 윤태양이 선택할 방법은?

뻔하다.

다수. 즉, 미르바 클랜과 같은 플레이어들이 단체로 사냥하던 마룡의 마지막 일격을 가하는 것.

강력한 무력을 가졌지만, 단체를 이루지 않고 움직이는 플레이어들이 가장 손쉽게 선택할 수 있는 선택지다.

유석이 그와 뜻을 같이하는 플레이어들을 바라봤다.

유석과 계획을 공유하는 플레이어는 율시, 승천창 혜연을 합쳐서 총 다섯 명이었다.

명성을 얻어 내고, 권력을 쥐고 싶어 하는 플레이어들.

유석은 태양을 잡고, 그 공로와 능력을 인정받아 천문으로 들어갈 원대한 계획을 세우고 있었다.

교관 고영의 비정한 말에 반발했던 것 역시, 유석이 천문에 걸맞은 인성을 가졌다고 주장하는 계산된 어필이었다.

"정신 똑바로 차려라. 우린 할 수 있다."

윤태양은 강하다.

클랜전을 통해 증명했다.

하지만.

'그나마' 유석과 비슷한 스펙인 시점이 있다면 그게 바로 지금이다.

S⁺등급 플레이어의 성장 속도는 보나마나 엄청날 게 분명했다.

신컨의
원코인
클리어

16층을 넘어 18층.

21층으로 넘어간다면 태양은 영원히 잡지 못한다.

"율시, 넌 계속 탐색에 집중해. 윤태양이 나타나는 즉시 보고해라."

"네."

크롸라라라!

용의 포효가 들려왔다.

교관, 고영이 우렁찬 목소리로 소리쳤다.

"전원! 전투 준비!"

눈빛을 교환한 승천창 혜연, 한철권 유석을 비롯한 플레이어들이 제 위치로 돌아갔다.

물론 형식상으로, 언제든지 뛰쳐나갈 준비를 한 채.

고영이 눈을 가늘게 뜨며 용을 관찰했다.

아룡급.

플레이어들은 용의 단계를 대략 다섯 단계 정도로 나눴다.

1단계, 막 태어난 수준의 아룡(亞龍)부터.

5단계, 신체의 모든 부분이 진화하고, 드래곤 하트가 완벽하게 발달하여 의지가 곧 마법이 되는 고룡(古龍)까지.

만찬장에는 3단계까지의 용이 등장했다.

3단계 용은 4단계, 성룡(운타라와 같은)이 되기 직전의, 드래곤 하트를 제외한 모든 신체 부위가 성장한 용이다.

날아오는 용의 형태를 확인한 고영이 고개를 끄덕였다.

'정확하군.'

작은 덩치, 덜 여문 비늘. 완벽하게 고정되지 않은 이빨.

명백한 아룡급 마룡이었다.

아룡은 용의 아종과 비슷할 정도로 힘이 약한, 어린 마룡을 뜻했다.

경험이 부족하여 함정에 잘 빠지고, 무력도 약하다.

다수가 모인다고 해도 성룡에 근접한 2, 3단계의 마룡을 잡는 건 거의 불가능한 일이다.

플레이어들은 이런 아룡을 노려서 잡았다.

"원시천존이시어······."

후웅.

마룡을 상대할 때 가장 선결되어야 할 것.

소리의 차단이다.

소란에 이끌려오는 다른 마룡들의 추가 참전을 막아야 하기 때문이다.

율시를 비롯한 소수의 주술사가 차단막을 만들었다.

"1조 정면, 2조와 3조는 측면을 보강한다!"

고영이 지휘를 시작했다.

───

태양과 란, 살로몬이 한창 전투가 벌어지고 있는 거점을 숨어서 들여다보았다.

그들의 위치는 비밀 통로가 바깥, 마룡의 영역이었다.

후욱.

연기를 통해 상황을 탐색한 살로몬이 중얼거렸다.

"비늘 깨졌고, 날개가 거의 다 찢어졌다."

—비늘이 깨지기 시작했다는 건 80퍼센트 이상 잡았다는 이야기야. 준비해.

나서려던 태양이 잠시 멈칫했다.

"야, 근데 괜찮은 거 맞아?"

—뭐가?

"아무리 그래도 S등급 클랜을 등에 업은 A등급 클랜인데, 너무 대놓고 공격하는 거 아닌가 해서."

—아, 괜찮아. 괜찮아.

천문은 자존심이 높고, 강철 늑대는 뒤끝이 길다.

아그리파 기사단은 몰라도 이 두 클랜은 태양이 디시전 쇼를 벌인 이상 같이 갈 수 없는 클랜이 되었다.

—어차피 덕 볼 게 없잖아. 직접 플레이어를 죽이는 거 아니면 저쪽에서도 별다른 액션 없을 거야.

"죽이는 건 또 안 돼?"

—저쪽에서 죽자고 달려들면 우리도 곤란하니까.

태양이 현혜와 의견을 주고받는 사이 란이 먼저 나섰다.

괴력난신(怪力亂神) – 도깨비 바람.

후웅.

정신착란을 유도하는 도깨비들의 바람이 3자의 습격을 대비한 미르바 클랜원들의 주술을 깨부쉈다.

"뭐야?"

"기습! 기습이다!"

이어서 살로몬이 연기를 내뿜었다.

블라인드 에어리어(Blind Area).

후우우우우우욱.

손을 뻗으면 손가락이 보이지 않을 정도로 짙은 안개가 거점을 뒤덮었다.

이히히히!

으히히히히히히!

끼히히히히히히!

시각을 차단하는 안개가 란의 도깨비 바람에 활기를 불어넣어 혼란을 가중시켰다.

"아니, 도대체 어디서?"

율시가 경악했다.

제 주술적 역량을 온통 탐색에 집중하고 있었건만, 태양 일행의 기척을 전혀 느끼지 못했기 때문이다.

하지만 모든 미르바 클랜의 플레이어가 율시처럼 경악하고만 있지는 않았다.

"3조! 방진을 형성한다! 2조는 후퇴! 1조는 후퇴하는 2조를 엄호한다! 내공을 안배하지 말고 적극적으로 돌려라!"

고영이 침착한 지휘로 대응했다.

"율시, 정신 차려라! 차분히 정신을 가다듬고 조원들을 보호해! 네 역할을 잊지 마!"

태양이 그 모습을 보며 입맛을 다셨다.

"대처가 생각 이상인데."

사르르르륵.

그의 오른 발목에는 어느새 막대한 양의 빛무리가 몰려들어 있었다.

스타버스트 하이킥(Starburst High Kick) – 캐논 폼(Canon Form).

그동안 약식으로 재빠르게 펼쳐낸 캐논 폼이 아닌, 태양의 마나 운용력을 극한까지 운용하며 출력을 끌어낸, 제대로 된 캐논 폼.

"말하자면 풀충전이지."

드래곤 하트의 거칠고 막대한 마나를 다루며 진일보한 태양의 마나 운용력은 순간적으로 주변의 마나 농도를 떨어뜨릴 정도로 발전했다.

태양이 발을 차올리려는 찰나.

유석이 사납게 소리쳤다.

"율시!"

주술사, 율시가 수인을 맺었다.

혼령 발화.

매듭 풀어내기.

쿨럭.

영혼을 태워 내며 맺은 주술.

율시의 입에서 시꺼멓게 죽은 피가 한 움큼 흘러나왔다.

그것도 모자라 눈을 까뒤집고 쓰러졌다.

사르르륵.

태양의 발치에 모인 빛 가루가 절반 이상 스러졌다.

투웅!

크롸라라라라라!

약화된 '스타버스트 하이킥 – 캐논폼'의 광선은 여전히 강력했으나, 아룡의 목숨을 끊어 내지 못했다.

고영이 고함을 질렀다.

"율시! 뭐 하는 짓이냐!"

"지금이다! 모두 움직여!"

유석의 말에 승천창 혜영을 비롯한 세 명의 플레이어가 자리에서 이탈했다.

단걸음에 태양에게 접근한 유석이 희미하게 웃었다.

판도는 정확히 유석이 의도한 대로 굴러갔다.

아룡을 미끼로 태양을 불러내고, 태양의 목적 달성을 방해해서 자리에서 이탈하지 못하게 한다.

주술사를 전투 시작부터 제외해야 하는 건 아쉽지만.

'이 정도면 충분하다.'

거기에 더해 승천창 혜영과 두 플레이어가 각각 란과 살로몬에게 달라붙어서 태양을 순간적으로 고립시키는 데에도 성공.

즉, 이제 남은 것은 성공적으로 윤태양을 처리하는 일뿐이다.

"저, 저!"

"전원! 전선을 지켜라! 지금 진형을 흩트리면 끝장이야!"

"혜영 조장이 빠진 빈자리가 큽니다! 1조 산개! 측면 붕괴!"

"진형을 변형한다! 빠져나온 1조 조원은 3조 뒤로 붙어서 힘을 실어! 비대칭으로 압박한다!"

고영이 핏대를 세워 가며 필사적으로 전선을 수습했다.

그리고 잘난 듯이 달려가는 유석을 보며 입술을 짓씹었다.

'빌어먹을. 진작 알아봤어야 했는데.'

동료의 목숨을 희생한다는 본인의 말에 이것이 정의냐고 반박을 해 댈 때는 언제고.

제 명예를 탐하는 데 매몰되어 본인 역시 동료를 헌신짝처럼 버린다.

선배들의 충고가 맞았다.

저런 조원은 사전에 목을 베어 사전에 작전에서 배제시켰어야 했다.

꽈드드드득.

한철권(寒鐵拳) 유석의 주먹이 얼어붙기 시작했다.

폭포도 단번에 얼어붙게 만드는 강력한 음기(陰氣)가 서린 주먹이었다.

아이스 부스팅(Ice Boosting).

반월의 영광.

유석 본인의 무공에 차원 미궁에서 얻은 스킬이 더해졌다.

그리고.

툭.

윤태양의 손등이 유석의 주먹을 쳐 냈다.

내공이 집중된 부위는 건드리지 않으면서 교묘하게.

순간적으로 타점을 잃은 주먹이 자연스럽게 태양의 머리를 스쳤다.

후웅!

"인마, 뻔해도 너무 뻔하잖아."

유석의 동공이 커졌다.

아무렇지 않게 한철권의 조문을 공략한 현묘(玄妙)한 일수(一手).

마치 노련한 고수가 한참 어린 후배를 상대하는 듯했다.

'무, 무공은 한 톨도 배우지 않았으면서. 어떻게?'

태양이 이죽거렸다.

"뭐야. 고작 이 실력으로 덤빈 거야?"

유석은 몰랐다.

왜 미르바의 간부들이 그에게 태양에 관한 사항을 일언반구도 하지 않았는지를.

아니, 사실은 했다.

'건드리지 말라고' 분명히 말했다.

유석의 판단이 맞은 부분도 있었다.

유석과 태양의 스펙 차이는 분명히 층을 거듭하면 거듭할수록 벌어질 수밖에 없었다.

하지만 유석이 간과한 부분.

이미 유석과 태양 사이에는 엄청난 차이가 있었다.

층당 8개 이상의 업적을 쌓아 온 태양의 신체 스펙은 동층의 플레이어에겐 재앙이나 다름없는 것이었다.

유석은 현실을 직시하지 못했다.

야망과 이상에 젖어 있는 인간이 흔히 하는 실수였다.

유석의 동공이 떨렸다.

"너, 클랜전 우승자가 X으로 보이냐?"

쿠웅.

진각과 동시에 태양의 발에서 전자기가 올라왔다.

초월 진각 - 승룡권(乘龍拳).

콰앙!

태양의 주먹이 유석의 턱을 강타했다.

이빨이 사방으로 비산했다.

"크롸라라라라라라라!"

이해할 수 없는 일이었다.

항상 이빨을 들이밀면 비명을 질러 대며 도망치기 바빠야 할 녀석들인데.

"황산 소협!"

"내가 엄호한다! 먼저 뒤로 가!"

"그럴 수는 없습니다!"

고밀도 에너지 분사.

마그마 스피어(Magma Spear).

콰드드득!

반쯤 뒤집힌 비늘 몇 개가 박살 났다.

살을 찢는 아픔이 뇌에 쑤시듯이 꽂힌다.

이렇게 조직적으로 강력한 공격을 해낼 수 있는 녀석들이었던가.

초반의 공격에 직격당해 비늘이 손상되고, 날개 피막이 찢어진 게 주요한 패인이었다.

하지만 이때까지도 마룡은 죽음의 공포를 느끼지 못했다.

발악을 낮잡아 보는 바람에 멍청하게 상처를 입긴 했지만, 먹잇감은 먹잇감이다.

마룡에게 인간이라는 존재는 침착하게 하나씩 처리하면 결국 배 속에 들어오게 될 고깃덩어리들이었다.

그렇게 생각했다.

스타버스트 하이킥(Starburst High Kick) - 캐논 폼(Canon Form).

콰앙!

"크롸라라라라라라라락!"

신괴의
원코인
클리어

광선에 맞기 전까지는.

마수 특유의 전투본능이 마룡의 뇌리에 경고음을 보냈다.

죽는다.

마룡이 여태껏 겪어 본 적 없는 위력이었다.

"크롸라라! 크롸라라라! 크롸라라라라라락!"

절반 이상의 비늘이 단번에 뜯겨 나가고, 피격 부위 전반의 근육이 그대로 날아갔다.

마룡은 필사적으로 움직였다.

이대로 죽을 수는 없다.

"교관님!"

"조장 둘이 이탈했습니다!"

"동요하지 마! 자리를 지켜라! 내가 있다! 부족한 자리는 내가 채운다! 배운 대로 움직여!"

반대편에서 다시 한번 커다란 마나의 파동이 울린다.

생존 본능이 마룡의 폐부를 부풀렸다.

"브레스다! 전원 산개하라!"

"전원 산개!!"

"진형 상관하지 마! 조금이라도 넓게 퍼진다!"

바닥없는 심연이 마룡의 입가에서 이글거린다.

이내 마룡이 브레스를 뿜어냈다.

플레이어들을 향해서가 아니라, 허공으로.

파칭!

"커헉!"

영혼이 상한 채 쓰러져 있던 율시가 다시 한번 각혈했다.

걸어놓은 차폐 주술이 깨져 나간 탓이다.

"이게 무슨?"

허공에서 그 광경을 지켜보던 발락이 웃었다.

"크하하하하하하하!"

본래 발락은 '만찬장' 스테이지에서 죽는 마룡을 신경 쓰지
않았다.

협곡은 마룡들의 식탁.

식탁에서 오히려 먹잇감들에게 찔려 죽는 수준의 녀석이면
죽는 게 낫다는 게 그의 지론이었기 때문이다.

"하지만 이번만큼은 다르지."

용살자(龍殺者), 용왕으로서 도저히 용서할 수 없는 존재.

그래서 발락은 '이번' 만찬장 스테이지에 변수를 만들었다.

본래라면 졸업하고 마계를 향해 나갔어야 할 성룡급 마룡 4
마리의 졸업을 유예하고 스테이지에 상주시킨 것이다.

아직 '사회화' 교육을 받지 않은 네 마리의 성룡은 아룡이 허
공에 내뱉은 브레스를 보고 모여들리라.

다른 몇몇 마왕이 형평성을 따지고 들겠지만, 발락은 잘 해
결할 자신이 있었다.

플레이어에게 특혜를 주는 것도 아니고 그렇다고 특정 플레

신관의
원코인
클리어

이어를 죽이기 위해 마왕이 직접 스테이지에서 무력으로 간섭하는 것도 아니니까.

스테이지 관리는 온전히 해당 층을 관리하는 마왕의 일이다.

직접 무력으로 개입하는 수준의 일이 아닌 이상 제1계위 마왕 바알도 16층 스테이지의 일에 관해서 발락에게 참견할 수 없었다.

"이게 무슨, 현혜야?"

-나도 몰라. 처음 보는 장면이야. 왜 브레스를 허공에 쏘지?

브레스는 용이 가진 최강의 무기였다.

강력한 만큼 용의 신체에도 어느 정도 부담을 주는 기술이기도 했다.

그렇기에 적이 아닌 허공을 향해 브레스를 쏘는 경우는 굉장히 제한적인 조건 아래에서만 일어났다.

조건은 두 가지다.

아룡일 것.

그리고 주변에 성룡이 있을 것.

당연히, 데이터가 몇 년이 쌓였든 몇십 년이 쌓였든 그동안의 플레이어들이 모를 수밖에 없는 패턴이다.

만찬장 스테이지에 성룡에 근접한 마룡(3단계)은 있었지만, 성룡(4단계)은 없었으니까.

"태양! 이쪽 먼저!"

승천창 혜영을 상대하던 살로몬이 소리를 질렀다.

태양이 혜영을 향해 달려들었다.

살로몬의 노림수에 당한 혜영의 몸은 이미 곳곳에서 연기가 피어오르는 상태였다.

"유감은 없어. 차원 미궁이 원래 이런 곳이잖아. 이해하지?"

"크오오오오!"

혜영이 창을 쥔 채 마주 달려들었다.

창대를 잡은 양손이 기형적으로 부풀어 올랐다.

승룡세(乘龍世).

혜영의 칠공에서 피가 뿜어져 나왔다.

내공을 무리하게 운용하면 일어나는, 주화입마의 전형적인 증상이다.

타닷.

태양이 경쾌하게 스텝을 밟아 뒤로 빠져나갔다.

딱 봐도 모든 것을 건 혼신의 일격.

받아줄 필요가 없다.

"크아아아아아!"

창끝에서 뿜어져 나온 기운이 황금빛 용이 되어 태양을 쫓았다.

천뢰굉보(天牢轟步) : 윤태양식(式) 어레인지.

꽈릉!

태양의 몸이 번개처럼 공간을 격했다.

잔상이 채 가시기도 전에 혜영의 승룡세가 공간을 뒤덮었다.

-위험했다. 한 끗 차이였어.

"그러게. 천뢰굉보. 이거 꽤 쓸 만한데?"

무공에 대한 조예가 없어 겉핥기 수준으로 형만 베껴 내는 수준임에도 불구하고 그랬다.

"이거 생각 이상으로 괜찮은 것 같기도."

현혜의 말로는 무공을 제대로 익혀 낸 유저가 손에 꼽는다고 했다.

그렇기에 아그리파, 창천이 아니라 유리 막시모프를 선택했던 거고.

그러나 겉핥기로나마 사용해 보니 알겠다.

쓸모가 있을 것 같았다.

제대로 배울 수만 있다면.

'아차, 딴생각은 이 정도만 하고.'

동시에 태양이 진각을 밟았다.

쿠웅.

하이퍼 드래곤 블로(Hyper Dragon Blow).

간장을 직격하는 리버블로.

"쿠헤에엑."

그렇지 않아도 피를 쏟아 내던 혜영이 다시 한번 각혈했다.

현혜가 한 말도 있고 해서, 죽이지는 않았다.

-ㅋㅋㅋ 승룡세도 용. 마룡도 용. 하이퍼 드래곤 블로도 용.

-용에 뭐 꿀 발라 놨나. 뭐만 하면 용이래.

-지겹다 지겨워.

-ㅋㅋ 기술 이름에 용 붙이면 세 보이긴 하잖아 ㅋㅋ.

-ㄹㅇㅋㅋ.

그때 란이 외쳤다.

"후퇴! 후퇴!"

"뭐?"

"당장 후퇴하라고! 아, 아니. 클랜! 저쪽 길 뚫어! 비밀 통로 반대편으로 나가야 해!"

사색이 된 란의 표정에 태양이 의아한 표정을 지었다.

"야, 천천히 말해 봐. 뭐라는 거야?"

그리고.

크롸라라라라라라라라라라! 크롸라라라라라라라라라라!

거대한 마룡 2마리가 공중에서 포효했다.

커다란 덩치.

완벽하게 여문 비늘과 입가를 빼곡하게 메운 이빨.

이마에 난 뿔까지.

두 마룡의 형태를 확인한 현혜가 저도 모르게 머리를 부여잡았다.

-미, 미친! 성룡급 마룡이 왜 만찬장 스테이지에서 나오는 거야!

"살로몬, 견제!"

"후욱. 지금…… 젠장!"

신컨의
원코인
클리어

콰아아아앙!

또 다른 마룡이 나타나 태양의 경로를 막아섰다.

역시 4단계, 운타라와 같은 성룡 등급의 용이었다.

"젠장, 이쪽에도!"

란의 뾰족한 목소리와 동시에 네 번째 마룡이 나타났다.

한순간에 태양 일행과 미르바 클랜의 플레이어들이 고립됐다.

화면을 보던 현혜가 머리를 부여잡았다.

성룡급이 네 마리라고?

명백히 이상한 상황이다.

본래 만찬장 스테이지에서 성룡은 나타나지 않았다.

3단계의 마룡도 두 마리가 나타났다고 하면 운이 없다고 이야기하는데, 4단계, 성룡만 네 마리가 나타나다니.

"이 자식들은 어디서 나타난 거야?"

-확인했을 땐 없었잖아.

그것 역시 이상한 일이었다.

발락이 스테이지를 시작했을 때 달려들던 마룡 중에는 성룡급의 마룡은 없었다.

용의 성장 단계 중에서도 가장 큰 차이를 보이는 단계가 바로 3단계와 4단계다.

신체적 성숙이 마무리되는 단계이기 때문이다.

만약 그 자리에 4단계 성룡이 있었다면 태양, 란, 살로몬 셋 중 하나라도 인식했어야 했다.

　-거짓말이지?

　-보스급 마룡 4마리?

　-3단계도 아니고 성룡이면 운타라급이라는 거 아님?

　-운타라가 4마리 ㅋㅋㅋ.

　-윤태양 비석 세우냐?

　-진짜 떨어지나?

　-ㄷㄷ.

　-게임 갑자기 왜 이러냐. 더럽게 어렵긴 해도 난이도가 들쭉날쭉하진 않았던 거 같은데.

　-ㄴㄴ. 조건이랑 상황에 따라 들쭉날쭉했음. 항상.

　태양이 란에게 물었다.

　"바람을 이용해서, 협곡 장벽만 넘어갈 수 있을까?"

　"할 순 있어. 하지만⋯⋯."

　당장 4마리의 마룡을 피한다고 끝날 문제가 아니다.

　마력을 풀풀 풍겨 대며 협곡 중앙 지역. 그것도 마룡들의 영역인 하늘에 진입한다면 다른 수십 마리 마룡이 태양 일행을 향해 달려들 것이 뻔했다.

　"어차피 12시간 넘어가면 겪어야 할 문제였는데, 미리 겪는다고 생각하자."

　-영양제가 깃들어도 그 정도는 아니야, 태양아. 다른 방법을 생각해 보는 게⋯⋯.

신컨의
원코인
클리어

"다른 방법? 뭐가 있는데? 이 자리에서 성룡 4마리랑 싸우기라도 하라고?"

성룡 4마리를 동시에 상대하는 일은 아무리 태양의 스펙이 올랐어도 불가능한 일이다.

후욱.

블라인드 에어리어(Blind Area).

살로몬이 연기를 뱉어 내고, 란의 바람이 태양 일행을 감쌌다.

크롸라라라라라라!

도망치려는 기색을 느낀 걸까.

마룡들이 흉폭한 기운을 뿜어내며 거칠게 플레이어들 주변을 조여 들어오기 시작했다.

태양이 반대편에서 미르바 클랜을 지휘하는 플레이어, 고영을 바라봤다.

현혜에게 쏘아붙이듯이 이야기하긴 했지만, 현혜의 말도 틀리지는 않았다.

"머릿수가 더 필요해."

"뭐?"

20명에 가까운 플레이어들.

그들이 전투를 도와준다면 상황은 나아질 수 있다.

"풍술로 클랜 녀석들도 옮길 수 있어?"

"흠, 좀 힘들긴 하겠지만 못할 건 없어. 저쪽에서 저항만 하지 않는다면?"

태양 일행의 의도대로 움직이는 게 마음에 들지 않을 수도 있겠지만, 당장 미르바 클랜원들도 성룡급 마룡 4마리에게 앞뒤로 포위된 이 상황에서 벗어나고 싶을 터.

아랫배에 힘을 준 태양이 소리를 질렀다.

"탈출한다! 다 같이! 살고 싶으면 저항하지 마!"

후웅.

란이 부채를 휘두르고, 바람의 기운이 미르바 클랜원들을 감쌌다.

"저항하지 마라!"

"교관님? 믿을 수 있는 겁니까?"

"닥치고 따라라! 일단 사지에서 벗어나는 게 먼저다!"

다행이다.

저쪽에도 전황을 읽을 줄 아는 사람이 있다.

괴력난신(怪力亂神) ─ 갈고리 바람.

거대한 바람의 갈고리가 미르바 클랜원들을 잡아챔과 동시에 마룡들이 달려들었다.

크롸라라라라라라!

순식간에 고도를 높이자, 몇몇 미르바 클랜원이 바닥으로 떨어졌다.

반사적으로 내공을 일으켜 저항한 플레이어, 결국 고영을 믿지 못하고 혼자 행동할 결심을 한 플레이어, 그리고 마룡에게

신컨의
원코인
클리어

격추당한 플레이어들이었다.

진형을 이탈하는 플레이어들이 네 마룡의 시선을 분산시키는 사이 태양 일행은 빠르게 치고 올라갔다.

파앙!

"더 빨리 올라갈 수 없어?"

"이미 최고 속도야!"

협곡 벽은 가파르고 높았다.

크롸라라라라라라라!

이탈한 플레이어들을 대충 짓밟아 으깨 놓은 마룡이 빠르게 따라붙었다.

스타버스트 하이킥(Starburst High Kick) — 캐논 폼(Canon Form).

스모크 피스톨(Smoke Pistol).

일절(一絕) — 발도(拔刀).

하늘 가르기.

태양과 플레이어들이 산발적으로 스킬을 쏟아 냈지만 네 마리의 성룡급 마룡을 저지하기에는 명백히 역부족이었다.

"닿는다! 닿는다!"

"최고 속도라고!"

설상가상.

아래에서 심상치 않은 마나의 파동이 생기기 시작했다.

태양은 본능적으로 파동이 무엇을 의미하는지 알아챘다.

이미 한 번 봤고, 전에 아주 격하게 겪어 본 경험이 있었기 때문이다.

'브레스.'

태양이 급하게 주변을 돌아봤다.

살로몬은 이미 다른 마룡을 견제하느라 정신이 없었고, 란은 이미 할 수 있는 최대한으로 주술을 운용하고 있었다.

브레스가 빨아들이는 마나 때문에 마나 진공 현상이 일어나기 시작했다.

란의 바람이 약해지고, 살로몬의 연기가 옅어졌다.

태양은 본능적으로 깨달았다.

'내가 해야 해.'

스타버스트 하이킥.

승룡권.

태양식으로 어레인지한 통천.

태양의 머릿속에서 수많은 선택지가 조합되고, 폐기되고, 다시 조합된다.

푸화하하하하학!

새까만 심연의 브레스가 태양을 향해 짓쳐 들었다.

"쯧."

계산을 마친 태양이 불만족스럽다는 듯 고개를 꺾었다.

스톰브링어(Storm Bringer): 폭풍 소환(暴風 召喚).

[폭풍의 정령 군주 아라실이 플레이어 윤태양의 신체에 임합니다.

(지속 시간 60초)]

푸화아아아아아앙!

순식간에 충만감이 차오른다.

바람 정령들이 개미처럼 달라붙어서 태양의 마나를 보조하기 시작했다.

푸화하하하하하학!

어떤 속성인지 가늠조차 되지 않는 칠흑의 브레스가 공간을 씹어 삼키며 태양에게 쏘아졌다.

태양의 표정은 밝지 않았다.

스톰브링어의 쿨타임은 48시간.

만찬장 스테이지에서는 단 한 번밖에 사용하지 못하는 기술이다.

'이거로도 부족해.'

태양이 라이트 세이버를 집어 들었다.

기이이이잉!

다시 한번 마나 회로를 혹사시키니 라이트 세이버의 검날이 우윳빛으로 물든다.

파앙!

"태양!"

대놓고 브레스에 정면으로 달려드는 태양의 모습에 란이 놀라서 소리를 질렀다.

순식간에 초고농축 마나의 결정체가 가까워진다.

태양이 미간을 좁혔다.

'할 수 있다.'

Endless Express 스테이지의 NPC. 군단장 구휼도 검으로 브레스를 베어 냈다.

16층까지 성장을 거듭한 태양이 못할 이유는 없었다.

수라참격(修羅斬撝).

스릉.

태양이 원단을 자르는 재단사처럼 칼을 긋자 시동 라이트 세이버가 칠흑의 브레스를 원자 단위부터 갈라냈다.

마나 결집이 해체된 마룡의 브레스가 바람에 흩날리는 커튼처럼 나풀거리며 흩어졌다.

고영의 동공이 급격하게 확장됐다.

"뇌제를 잡아낼 때부터 예상은 했지만, 압도적이군."

"교관님? 방금 뭐라고?"

"동남 방향! 방어를 굳혀라!"

태양의 입가가 호선을 그렸다.

"손맛 좋고!"

크롸라라라라라라라라라!

눈앞에서 브레스가 잘려 나간 성룡이 고함을 내지른다.

태양이 허공에서 발을 굴렀다.

태양의 사고와 감응한 폭풍 정령이 허공에 발판을 만들었

신전의
원 코인
클리어

다.

파앙!

태양이 다시 한번 검을 쳐들었다.

라이트 세이버의 검날은 아직도 우윳빛으로 물들어 있었다.

아넬카식(式) 인간 절단.

활처럼 휘어진 허리가 이내 탄력적으로 튕겨지고, 태양이 검을 내려친다.

노리는 위치는 놈의 날개.

정확히는 피막.

크롸라라라!

본능적으로 위험을 느낀 마룡이 몸을 뒤틀었다.

민첩한 움직임이지만, 태양의 검을 피하기에는 그 육체가 너무 육중하다.

콰드득.

동시에 3마리의 성룡급 마룡이 태양을 향해 짓쳐 들었다.

목숨이 경각에 달한 전투 상황에서 태양이 미소 지었다.

3마리의 마룡이 태양에게 달려들고, 1마리는 날개 피막이 찢겼다.

네 성룡급 마룡의 신경이 모두 태양에게 집중되어 있다는 말이다.

이 말인즉슨.

란과 살로몬의 손이 비었다는 뜻이다.

낭풍(浪風).

콜: 라이트닝(Call: Lightning).

후웅!

꽈앙!

치명적인 상처를 입히지는 못했다.

그 정도의 여유 시간이 있었던 것은 아니었으니까.

둘이 만들어 낸 것은 고작해야, 잠깐의 머뭇거림 정도.

"그거면 충분하지."

태양이 발을 굴렀다.

바람 정령이 다시 한번 허공에 발판을 만들었다.

천뢰굉보(天牢轟步): 윤태양식(式) 어레인지.

꽈릉!

다리에서 짜릿한 통증이 올라온다.

마나 회로 역시 저릿하다.

정확한 구결 없이 무공을 사용한 부작용이었다.

하지만 태양의 몸을 옮긴다는 본연의 목적은 달성했다.

크롸라라락!

온몸의 비늘이 벗겨지다시피 한 아룡급 마룡이 태양 앞에서
애처롭게 아가리를 벌렸다.

"입 닫아, 자식아."

짧은 시간이었지만 무리하게 마나를 운용한 탓일까.

라이트 세이버가 무거웠다.

라이트 세이버의 유백색 검날이 옅어지기 시작했다.

주입되는 마나량이 줄어든 탓이었다.

……진짜 조금 줄였는데.

까다롭게 그지없는 무기다. 하지만 비늘이 벗겨진 아룡의 목을 절단하기에는 이것으로도 충분했다.

콰드득.

키에에에엑!

거대한 용의 머리가 흙바닥으로 굴러떨어졌다.

크롸라라라라라라라라라라라!

크롸라라라라라라라라락!

크롸라라라라라라라라라!

분개한 3마리의 마룡이 뒤늦게 태양을 향해 날아들었다.

태양에 배에 힘을 주고 소리쳤다.

"살로모오오오오온!"

어느새 협곡의 꼭대기에 올라선 살로몬이 태양을 향해 손가락을 겨눴다.

"피하지 마!"

스모크 피스톨(Smoke Pistol).

파앙!

둔탁한 총알이 순식간에 세 마룡을 추월하여 태양에게 도달했다.

"쿨럭."

태양의 몸이 그대로 튕겨 나갔다.

출력이 어찌나 강했는지, 순간 태양의 시야가 암전했다.

콰드드드득!

태양의 몸이 있던 자리에 용의 발톱이 내리 찍혔다.

다음은 란이었다.

괴력난신(怪力亂神) – 갈고리 바람.

콰득.

바람의 갈고리가 충격을 채 털어 내지도 못한 태양의 몸체를 붙잡았다.

그리고 끌어 올렸다.

태양이 눈을 떴을 땐, 어느새 협곡 꼭대기였다.

"쿨럭."

저도 모르게 한 기침에 피가 한 움큼 튀어나온다.

"……나한테 뭐 안 좋은 감정 있었어?"

살로몬과 란이 동시에 히죽 웃었다.

"무슨 소리야, 살리려고 한 짓인데."

"안 좋은 감정이라니. 없다."

"……서운한 거 있으면 말로 하지."

거점에서 포위 상황을 벗어나고 나니 한결 여유가 생겼다.

협곡 곳곳에 있는 워프게이트를 통해 추적을 벗어날 수 있었기 때문이다. 물론 그 과정에서 몇몇 워프 게이트의 존재가 마룡들에게 탄로 나서 거점이 박살 나긴 했다.

"근데 뭐, 내가 다시 올 것도 아니고 말이지. 그나저나……."

이제까지의 만찬장 스테이지에서는 관측된 적 없던 성룡급의 마룡.

태양이 쩝 하고 입맛을 다셨다.

"쟤네, 업적 주겠지?"

란이 어깨를 으쓱였다.

"아마도?"

"무리를 해서라도 한두 마리는 잡았어야 했나."

"당장은 이게 최선이었어. 운타라 잡을 때 기억 안 나? 위대한 기계장치까지 써야 했을걸."

"하긴."

태양이 고개를 끄덕였다.

상처 1~2개 정도 내는 것과 목숨을 빼앗는 것은 명백히 다르다.

그때 고영이 다가왔다.

입가에 피를 질질 흘리는 유석과 함께.

"뭐야?"

대뜸 다가온 고영이 깊숙이 허리를 숙였다.

유석도 엉겁결에 같이 허리를 숙였다.

"사과드리겠습니다."

고영은 사과를 받는 태양이 슬슬 어색해질 무렵에서야 고개를 들었다.

"직전의 습격은 저희 미르바 클랜의 의도가 아니었습니다. 이 녀석, 한철권 유석과 승천창 혜영을 비롯한 몇몇 플레이어가 명예를 탐하여 당신을 습격했습니다."

"헤, 헤흥하이아."

유석의 사과를 들은 태양이 콧등을 긁으며 간신히 웃음을 참았다.

바람 새는 소리가 퍽 우스웠다.

"그, 창 휘두르던 친구는?"

"하후하히 오해흐이아."

탈출하지 못했다.

주화입마에 빠져가며 큰 기술을 사용했으니 그럴 만도 했다.

그때, 고영이 유석의 등을 떠밀었다.

동시에 작은 소리와 함께 고영의 허리춤에서 장검이 뽑혀 나왔다.

일절(一絶) - 발도(拔刀).

퍼억.

유석의 머리가 그대로 바닥에 굴러떨어졌다.

"조, 조장!"

"교관님!"

"이럴 수가."

미르바 클랜의 플레이어들이 동요했다.

납검(納劍)한 고영이 다시 한번 고개를 숙였다.

"워. 이럴 필요까지는 없는데."

"말뿐인 사과는 사과가 아니지요."

고영의 목소리에는 한 치의 흔들림이 없었다.

태양이 어깨를 으쓱였다.

"우리한테 피해 가는 일은 없게 해. 네가 죽인 거라고."

상황이 꼬여서 태양이 죽인 것으로 와전되어 전달되면, 귀찮
아지는 건 태양이다.

"당연한 일입니다."

고영이 선선히 고개를 끄덕였다.

이내 그가 신중한 목소리로 제안했다.

"저희와 같이 움직이시지 않겠습니까?"

태양의 눈이 가라앉았다.

그러면 그렇지.

아무리 잘못했다지만, 사과하겠다는 이유 하나만으로 사람
을 죽일 이유가 없다.

"뭐, 미안한 건 알겠어. 그런데 말이야. 너희랑 같이 다녀서
내가 좋을 게 뭐가 있어?"

"남은 클랜원은 열댓 명밖에 안 되지만 확실히 자기 몫은 챙
길 수 있는 녀석들입니다. 발목을 붙잡을 일은 없을 겁니다."

고영이 말을 이었다.

"방금 당신의 실력을 보고 확실히 알았습니다. 전 당신과 척을 지고 싶지 않습니다. 좋은 관계를 구축해 두고 싶다는 말이지요."

클랜의 이해관계를 떠나, 계속 같은 스테이지에서 만나야 하는 플레이어로서의 마음이었다.

태양이 작은 목소리로 읊조렸다.

"……천문은 자존심이 드높아서 같이 가기는 글렀다고 하지 않았나?"

─이 녀석들은 천문이 아니니까. 플레이어 개인으로서는 너랑 친하게 지내는 게 낫다는 계산인 거 같은데? 클랜 차원에서 널 대하는 거랑은 다른 문제로 봐야지.

실제로 미르바 클랜에서 태양에 관해 내린 지침도 적대, 우호가 아닌 중립적인 태도를 취하라는 것이었다.

유석과 혜영을 비롯한 몇몇 플레이어가 통제에서 벗어났을 뿐.

옆에서 고영과의 대화를 듣던 살로몬도 거들었다.

"나도 찬성이다. 손을 모을수록 할 수 있는 일이 많아지는 법이니까."

"으음."

그때 시스템 창이 나타났다.

[12시간이 지났습니다. '서브 퀘스트 – 영양 간식'이 활성화됩니다.]

[발락이 플레이어 윤태양에게 '영양제'의 수령을 권합니다. '영양제'를 수령한 채 스테이지를 클리어하면 '특전'이 주어집니다.]

[발락의 영양제를 수령하시겠습니까?]

❧

콰득.

강철 늑대 1조 조장, B등급 플레이어. 도허티의 도리깨가 플레이어의 어깨를 박살 냈다.

"크아아아악!"

어떤 클랜에도 소속되지 않은, 낮은 등급의 플레이어.

도허티가 그를 보며 인상을 찌푸렸다.

"어허. 또, 또, 혓바닥 놀리네. 소리 지르면 두 배로 한다니까?"

"죄송, 죄송합니다. 끄아아아아악!"

강철 늑대 1조의 조원 네 명이 비명을 지르는 플레이어를 보며 깔깔댔다.

강철 늑대 2조 조장, C+등급의 플레이어. 아쥬르가 그 모습을 보며 인상을 구겼다.

"취향 참."

"여어, 왔어? 지금 한창 '설득' 하는 중인데. 너도 할래?"

"아니. 나는 됐어."

"그쪽은?"

도허티가 도리깨를 빙글빙글 돌리며 고개를 꺾었다.

그곳에는 강철 늑대 3조 조장, 로시가 있었다.

그녀 역시 C+등급의 플레이어였다.

로시가 고개를 저었다.

"사람 패는 취미는 없어."

"어허, 나만 나쁜 놈이다 이거야? 어?"

강철 늑대의 1조와 2조, 3조는 겉보기에는 독립적으로 활동하는 것 같지만 실상은 연합으로 움직이는 집단이었다.

도허티가 두 여성 플레이어의 거절에 어깨를 으쓱이며 가볍게 도리깨를 휘둘렀다.

콰앙!

손등이 으깨진 플레이어가 필사적으로 비명을 참았다.

그 모습이 보이지도 않는지, 도허티는 말을 이었다.

"미르바 녀석들 봤어?"

3조 조장, 로시가 고개를 끄덕였다.

"거의 절반이 죽었던데."

2조 조장, 아쥬르가 조소를 띄었다.

"몇 명은 이번 스테이지 지형도 익숙하지 않은 것 같던데. 머저리들. 그러니까 산하 클랜에 있지."

"킥킥. 그러게 말이야."

도허티가 고문을 하던 플레이어에게로 고개를 돌렸다.

"아까 말한 건 했어? 확인해 봐도 돼?"

플레이어가 벌벌 떨며 고개를 끄덕였다.

그의 뒤에 다른 7명의 플레이어가 같은 차림으로 고개를 끄덕이고 있었다.

도허티가 플레이어의 목을 붙잡아 올렸다.

"커, 커헉!"

발버둥 치는 플레이어의 동맥으로 도허티의 마나가 스며들었다.

도허티는 플레이어의 심장에 자리 잡은 이질적인 물질을 관측했다.

발락의 영양제였다.

도허티의 입가가 호선을 그렸다.

"했네?"

"해, 했습니다. 하라고 하셨으니까."

"잘했어."

킥킥 웃은 도허티가 팔을 휘둘러 플레이어를 기절시켰다.

"좋아. 이걸로 영양제를 받은 플레이어는 일곱이네. 아쥬르. 2조는 어때?"

"우리는 여섯."

3조 조장, 로시가 말을 덧붙였다.

"우리는 여덟."

"와우, 언제 그렇게 많이 모았어?"

능청스러운 도허티의 말에 로시가 상대하기 싫다는 듯 고개를 돌렸다.

"거. 섭섭하구먼."

동시에 도허티의 손이 혼절시킨 플레이어의 가슴팍을 꿰뚫었다.

이내.

빠지직.

심장을 뜯어냈다.

발락의 특제 영양 간식이 깃들어 있는 플레이어의 심장이 팔딱팔딱 뛰었다.

아쥬르가 신경질적으로 외쳤다.

"다 보는 앞에서 꼭 그렇게 염병을 떨어야겠어?"

"뭘. 어차피 너도 하고 나도 하고, 다 할 건데."

영양제가 깃든 플레이어의 심장 따로 구해서 섭취하는 것.

발락의 제안을 수락하지 않고 특전을 얻는 방법이었다.

도허티의 방법은 흡수 효율은 떨어지지만, 안정적이라는 장점이 있었다.

로시가 아쉽다는 듯 입맛을 다셨다.

"생으로 수락한 영양제가 약발이 그렇게 좋다는데."

아쥬르가 제 긴 머리를 매만지며 물었다.

"그건 어떻게 됐어?"

신전의
원코인
클리어

"뭐?"

"윤태양."

도허티와 로시의 눈빛이 바뀌었다.

윤태양의 기량을 파악하라.

강철 늑대의 단장인 실버가 그들에게 직접 지시한 사항이었다.

"보자. 우리 조 일곱에 아쥬르 네가 여섯, 로시 네가 여덟. 각자 다섯씩 빼면, 둘에 하나, 셋. 총 여섯. 충분한 거 같은데?"

"확실해?"

"응. 도마뱀들 모으기엔 차고 넘치지."

도허티가 걸쭉하게 웃었다.

"강철 늑대를 걷어차고 별 X같은 A등급 클랜을 선택한 플레이어 윤태양. 얼마나 잘났는지 한번 보자고."

⊰❀⊱

후우웅.

란의 부채질에 살로몬의 연기가 부드럽게 밀려난다.

시가를 문 살로몬이 중얼거렸다.

"전방에 다섯 마리. 덩치, 비늘, 움직이는 마나 상태를 봐서는 2단계로 추정."

"추정?"

"3단계는 확실히 아니고, 1단계 중 우량아일 가능성도 있으니까."

란이 휘파람을 불었다.

"이제 곧잘 하네. 처음엔 헷갈렸잖아?"

"하도 많이 보니까 구분이 돼. 빌어먹을, 실시간으로 폐암에 걸리는 기분이군."

후우욱.

살로몬이 연기를 내뱉었다.

걸쭉하다는 표현이 어울릴 정도로 농도 짙은 연기가 곧 커다란 벽이 되어 새로 접근하는 마룡을 저지했다.

ㅡ전방에 음, **뾰족한 언덕. 거기도 포인트야.**

현혜의 말에 태양이 외쳤다.

"전방 언덕에 워프 게이트! 대충 따돌리고 넘어갑시다!"

나머지 일행이 신나게 구르고 있는 반면, 태양은 굉장히 여유로웠다. 전방에서의 전투를 미르바 클랜원들이 나서서 도맡아 주고 있었기 때문이다.

"아, 좋다."

반면, 이 일행에서 가장 바쁘게 움직이는 사람은 란이었다.

미르바 클랜원을 합친 전체 일행의 모든 전투를 보조하고, 워프 게이트에 들어갈 때마다 함정, 마법적 대비가 되어 있는지 확인까지 하고 있었기 때문이다.

"미안하군. 그래도 어쩔 수 없어. 내 연기는 안쪽에서 관측하기가 너무 쉽잖아?"

"쳇, 누가 뭐래?"

란이 투덜거리는 사이 태양이 불쑥 튀어 나갔다.

미르바 클랜원들이 만든 진형의 일각이 붕괴하고 있었다.

"윤일!"

"죄, 죄송합니다! 내공이……."

내공 배분 실패.

평소의 미르바 클랜원들이라면 하지 않았을 실수다.

고된 전투를 연이어 치르다 보면 이런 기초적인 부분에서부터 결함이 드러나는 법이다.

전력 손실도 영향을 미쳤겠지.

콰앙!

크롸라라라라라!

마룡이 진영의 균열을 거침없이 파고들었다.

고영이 단단하게 굳혀 둔 형세가 허물어질 위기.

다행히도 절체절명의 순간에 태양이 도착했다.

초월 진각 – 염라각(閻羅脚).

콰아앙!

미르바 클랜원 영일을 통째로 집어삼키려던 아룡급 마룡이 그대로 튕겨 나갔다.

"가, 감사합니다!"

"별말씀을. 힘든 거 압니다. 무리하게 움직이고 있으니까요.

조금만 더 힘냅시다!"

시청자들이 봐도 보일 정도로 미르바 클랜원들의 피로도는 확연했다.

하지만 쉴 수는 없었다.

태양 일행 셋이 자진해서 영양제를 먹었고, 미르바 클랜원에도 다섯 명의 플레이어가 확률의 선택을 받아 영양제가 깃들었기 때문이다.

영양제 플레이어만 여덟.

조금만 이동 속도를 줄여도 천문학적인 수의 마룡이 달려들게 불 보듯 뻔했다.

태양이 고영에게 다시 한번 상황을 보고했다.

"교관님, 전방에 뾰족한 언덕 보이시죠? 그쪽에서 워프 게이트 이용할 겁니다."

"확인했습니다."

고영은 스테이지 초반에 영양제가 깃든 플레이어를 버리고 갈 것이라 천명했으나, 말을 지키지 못했다.

지휘관이 본인의 말을 번복하는 것은 항명하는 부하를 그대로 두는 것만큼이나 치명적인 지휘 실수였지만 어쩔 수 없었다.

한두 명도 아니고, 전체 인원 중 절반 조금 안 되는 인원을 모두 버릴 수는 없는 노릇 아닌가.

ㅡ플레이어들 생각보다 쓸모 있지?

"음, 확실히."

정돈된 전선과 약속된 합격은 달라붙는 마룡들을 처리하는
데에는 확실히 효과적이었다.

특히 태양 일행의 체력을 보존해 준다는 의미에서 확실히 의
미가 있었다.

실바람 낚아채기.

워프 게이트 반대편을 확인한 란이 상황을 보고했다.

"흠. 전투 중인데?"

"전투? 플레이어들끼리?"

"그건 모르겠어. 마룡들의 습격일 수도 있고. 게이트 이동에
지장은 없어. 어떡할래?"

살로몬이 고개를 주억거렸다.

"들어가는 게 낫지 않나? 플레이어 간의 전투이든, 아니면
마룡과 싸우고 있든, 지금 상황에선 밑져야 본전이니까."

태양 역시 같은 생각이었다.

게다가.

크롸라라라라라라라라!

4단계, 성룡급 마룡의 기척이 가까워지고 있었다.

"기분 탓인가? 나만 쫓아오는 것 같은데 말이지."

고영이 외쳤다.

"차원 문으로 이동한다! 전방에 방진 구성! 전선 유지한 채
차례대로 들어간다!"

후웅.

란이 가장 먼저 들어가고, 미르바의 클랜원들이 질서정연하
게 워프 게이트를 넘었다.

태양은 마지막까지 달라붙는 마룡들을 견제하다가 스모크
매직을 통해 게이트를 은폐한 살로몬과 함께 마지막으로 게이
트에 들어왔다.

그리고.

"젠장."

태양이 인상을 찌푸렸다.

크롸라라라라라라!

크롸라라라라라라라!

게이트 너머에서는 십수 마리의 마룡이 포효하고 있었다.

"끄아아아악!"

와드득. 와드득.

마룡이 플레이어를 씹어 삼킨다.

─저거. 그거네.

"응."

태양이 고개를 끄덕였다.

마룡은 인간을 잡아먹긴 하지만, 당연하게도 식사는 사냥 이
후다.

만찬장 스테이지의 마룡이 사냥 도중에 식탐을 참지 못하는
경우는 단 한 가지뿐이었다.

영양제가 깃든 플레이어를 만났을 때.

상황을 그리는 건 어렵지 않았다.

거점에서 숨어 있던 플레이어 사이에 영양제에 당첨 당한 플레이어가 나온다.

해당 플레이어는 거점에서 방출당할까 봐 그 사실을 숨기고, 냄새를 맡은 마룡이 거점을 습격한다.

만찬장 스테이지에서 거점 하나가 초토화되는 아주 흔한 레퍼토리 중 하나다.

"쯧. 하필 우리가 오기 직전에."

흔한 일인 만큼 타이밍이 야속하다.

더 늦게 왔다면 이미 식사를 해치운 마룡이 떠나서 없었을 테고, 더 빨랐다면 아직 남은 플레이어들이 있어 그나마 효율적으로 전투했을 텐데.

고영이 다시 한번 하도 고함을 질러 대어 쉰 목소리로 외쳤다.

"전투 준비!"

⁂

패밀리어(Familiar)를 통해 거점의 상황을 지켜보던 강철 늑대 1조 조장, 도허티가 휘파람을 불었다.

"워우, 장난 아니네."

로시가 고개를 끄덕였다.

"전투도 전투인데, 와중에 하는 선택이 하나도 안 틀려."

"시작부터 워프 게이트 막아 변수를 차단하고 제일 약한 부위로 파고드네. 운인가? 3자 입장에서 봐도 어렴풋한데. 어떻게 저렇게 정확하게 판단하지?"

"교본으로 써도 되겠다."

도허티가 히죽 웃었다.

"그나저나 미르바 녀석들. 고개 방패 역할 착실히 해주네."

아쥬르가 고개를 끄덕였다.

"확실히 방진이 단단해. 고영이라고 했던가? 확실히 능력은 있네. 미르바 쪽에서 힘 좀 줘서 키웠다더니."

로시가 신중한 눈으로 전투를 평가했다.

"윤태양 일행, 전체적으로 호흡이 너무 잘 맞아. 전부터 같이 움직인 느낌이야. 특히 저 부채 여자, 이름이 뭐라고 했지? 란? 저 여자랑 윤태양의 호흡이 거의 찰떡인데."

심지어 호흡만 좋은 것이 아니었다.

원거리 견제, 화력, 아군 보호, 기동력, 그리고 임기응변까지.

호흡을 떼어 놓고 보아도, 란의 풍술은 상당한 전략성을 가지고 있었다.

아쥬르가 인상을 썼다.

"마음에 안 들어."

"뭐가?"

도허티가 반문했다.

신컨의
원코인
클리어

"우리가 아무리 S등급 클랜이라지만 클랜은 클랜이지. S⁺등급 플레이어한테 이런 짓을 하다가 걸리면 앞으로 탑을 어떻게 오르라고?"

"누가 죽이라고 했냐? 적당히 안 걸리면 되지."

"그게 마음대로 됐으면 내가 S⁺등급이었지 않았을까, 도허티?"

아쥬르의 말에 도허티가 빈정댔다.

"클랜에서 해 주는 건 해 주는 대로 다 처먹어 놓고 일은 하기 싫다?"

"클랜에서 해 주는 게 우리 좋으라고 해 준 거야? 결국은 다 영향력 과시한답시고 해 준 거지."

"그 콩고물을 얻어먹은 사람이 그렇게 말하면 안 되지. 이거 사상이 아주 그냥? 어? 단장님 귀에 들어가면 너 큰일 난다?"

로시가 둘의 한심한 말싸움을 일축했다.

"싫다고 안 할 수 있는 일은 아니잖아. 아쥬르, 어린애처럼 투정 부리지 마. 도허티, 너도 빈정대지 말고. 그나저나 처리 속도가 빠른데, 다음은 누구지?"

아쥬르가 대답했다.

"가장 가까운 거점은 내 쪽이야. 좀 돌아간다고 가정하면 도허티가 준비한 거점으로 들어가겠지."

후웅.

바람이 불어왔다.

아쥬르의 목 뒤에 문득 소름이 돋았다.

로시가 전투를 보며 중얼거렸다.

"생각보다 전력이 너무 탄탄해. 미르바 클랜원들도 있어서 온전히 평가하기도 어렵고."

"고점을 확인하긴 해야 하는데 말이지. 보고할 때도 그걸 중점적으로 물어볼 게 뻔하고."

"……4단계 용을 유인해 볼까?"

도허티가 고개를 저었다.

"너무 위험해. 상대 실력 확인도 중요하지만, 우리 목숨이 우선이지. 그렇지 않아도 4마리가 세트로 다니던데, 했다가 잘못되면?"

아쥬르가 빈정거렸다.

"참나. 클랜이 어쩌고 하더니 이제는 목숨이 아깝다고? 콘셉트는 하나만 잡지?"

"다 먹고살자고 하는 짓이잖아? 목숨까지 걸어가면서 할 필요는 없지."

"반대로 말하면 S⁺등급의 플레이어와 척을 지고도 먹고살 수 있다?"

"이게 진짜 계속 말꼬리를…… 말 그따위로 할래?"

결국, 로시가 목소리를 높였다.

"제발 그만 좀 싸우면 안 돼?"

콰드드드득.

신킨의
원코인
클리어

로시의 등 뒤로 시리게 빛나는 눈꽃이 생겨났다.

누군가를 찌르고 싶다는 의도가 명확히 드러나는, 다분히 날카로운 얼음이었다.

도허티와 아쥬르가 동시에 입을 다물었다.

"일단, 계획을 조금 바꿔 보자. 4단계 용을 유인해 오는 게 힘들다면, 물량을 늘리는 거로."

후두둑.

로시의 등에 맺혀 있던 얼음이 스러졌다.

"한꺼번에 쏟아 넣자고."

⁂

쾅.

크르르륵.

태양이 발이 2단계 마룡의 머리를 박살 냈다.

미르바 클랜원들이 질린 얼굴로 태양을 바라봤다.

특히 주술사 율시의 안색은 거의 시꺼멓게 죽을 정도였다.

'이런 플레이어에게 무턱대고 덤볐다니.'

희귀한 능력 덕에 살아남긴 했지만, 율시는 작금의 상황이 좌불안석이었다.

그런 율시의 마음을 아는지 모르는지, 태양이 무표정한 얼굴로 주변을 살폈다.

정확히는 반쯤 시체가 된 플레이어를.

"끄으으윽."

처음 거점에 들어왔을 때 마룡들이 신나게 씹고 있던 플레이어 중 한 명이었다.

팔다리가 흉측하게 짓씹힌 채 꿈틀거리는 모양새가 퍽 고어했다.

−아, 하필 육회 먹고 있는데 진짜.

−오늘 저녁 다 먹었네.

−___

−연출이 뭐 이러냐고... 이 정도로 현실감 있을 필요는 없다고..

−ㄹㅇ. 끔찍하다 끔찍해.

−하...

−엄마! 오늘은 저녁밥 안 먹을래!

−B모씨 어머니 아들 다이어트 소식에 화색. 하지만 현실은 새벽 2시에 몰래 라면 끓여 먹을 예정.

−왜 B씨임?

−백수니까.

−아하.

플레이어의 반쯤 뭉개진 입술 사이로 바람 빠지는 듯한 소리가 흘러나왔다.

"주, 죽여 줘."

"미안한데, 카드부터."

그냥 죽일 경우, 카드는 기껏해야 1~2장밖에 떨어지지 않았다.

고통에 떨고 있는 플레이어들 입장에선 비인도적으로 보일 법도 하지만, 어쩌겠나.

할 건 해야지.

후두둑.

땅바닥에 4장의 카드가 떨어졌다.

마법사 계열 플레이어였는지, 태양이 쓸 만한 카드는 없었다.

"이건 란이랑 살로몬이 나눠 가지면 되겠고."

고영을 비롯한 미르바 클랜원들도 딱히 불만은 없어 보였다.

직전 전투에서 태양의 전투 지분이 그만큼 컸기 때문이다.

"그럼."

퍼억.

깔끔한 후두부 강타.

플레이어의 목숨이 그대로 끊어졌다.

"이동합니까?"

"우린 상관없는데 너희는?"

태양의 말에 고영이 대답을 망설였다.

전투로 인해 흘러나간 소음, 소모한 시간 등을 고려하면 곧바로 이동하는 게 올바른 판단이다.

하지만 부대원들의 상태가 심각했다.

잠시간의 고민 끝에 고영이 입을 열었다.

"그럼, 이동하는……."

그때.

"커헉."

태양이 가슴을 부여잡고 무릎을 꿇었다.

란과 현혜가 놀라서 저도 모르게 소리쳤다.

ㅡ태양아?

"태양?"

두근.

태양의 심장 안쪽에 자리 잡은 드래곤 하트가 거칠게 맥동하기 시작했다.

가슴을 부여잡은 채 무릎을 꿇은 윤태양.

그 광경을 지켜보던 용왕 발락의 미간에 주름이 파였다.

윤태양에게 깃든 영양제와 쓰러진 플레이어의 심장에 있던 영양제가 발락이 설계한 대로 배합되고 있었다.

윤태양의 심장 안에서.

"빌어먹을."

본래 영양제는 인간의 신체에서 약효가 온전히 개화하지 않았다.

발락이 마룡을 위해 맞춤 제조한 영양제였기 때문이다.

물론 나약한 인간의 신체는 영양제에서 흘러나온 약효만으

신들의
원코인
클리어

로도 강화 효과를 받았다.

하지만 그 효능은 본래 약효의 절반 정도.

발락이 허락한 건 딱 그 정도였다. 하지만 운타라의 드래곤 하트는 윤태양의 몸을 용화(龍化)시켰고, 용화한 신체는 영양제의 약효를 온전히 받아들이고 있었다.

"다른 인간도 아니고 용살자(龍殺者)가."

용왕의 고고한 자존심이 용납할 수 없는 상황.

꽈드드득.

압도적으로 거대한 질량의 마나가 발락의 몸 주위 공간을 왜곡시켰다.

'죽일까.'

그때, 발락의 앞에 한 남자가 나타났다.

불타는 검을 쥔 천사의 형상.

그리고 그와 어울리지 않는 까마귀의 머리.

제63계위 마왕 안드라스였다.

"멍청한 행동일세. 발락, 층주의 권한을 놓을 생각인가?"

안드라스의 갑작스러운 등장에 발락의 표정이 일그러졌다.

"아무도 못 봤으면 상관없는데, 내가 봐 버렸잖아. 죄질이 무거워질 걸세."

"지금 이 발락과 적대하겠다는 거냐."

쿠웅.

발락의 목소리가 율법이 되어 안드라스를 죄었다.

용의 언령, 용언(龍言)이었다.

"마계에 들어오지 않을 생각이라면 그것도 좋다. 여생을 차원 미궁에서 소일거리를 하며 보낼 생각이라면 말이다."

안드라스가 웃었다.

확실히.

용왕 발락은 자신의 목숨을 태워 가며 싸울 만한 몇 안 되는 마왕이기는 했다.

"자네는 억겁의 시간 앞에서도 여전하군그래."

"시간은 용을 쇠하게 하지 못한다. 고귀한 존재란 그런 거다. 안드라스. 넌 이해 못 하겠지만."

발락의 눈에 작은 경멸이 비쳤다.

안드라스는 아무렇지 않은 기색으로 고개를 까딱였다.

"미안하지만, 협박해 봐야 소용없어. 플레이어 하나와 층주의 권한을 교환한다? 자네 손해일세."

다른 마왕은 유희로 즐기지만, 발락은 달랐다.

발락은 차원 미궁을 기능적으로 활용하는 마왕이었다.

"네놈."

으드득.

발락이 안드라스를 노려봤다.

하지만 발락의 태도와는 다르게, 안드라스를 조여 오던 언령의 압박은 잦아들었다.

"잘 생각했네."

빙긋 웃는 안드라스.

발락이 신경질적으로 쏘아붙였다.

"하, 이번에야 네 개입으로 살았지만, 앞으로 두 층 남았다. 내가 못 죽일 것 같나?"

"적법한 방법을 통해 죽인다면야, 불만은 없네. 오히려 환영하는 편일세."

까마귀의 눈이 번뜩였다.

그의 귓가에 단탈리안의 목소리가 스쳤다.

"충분히 제련했으니, 날이 잘 드는지도 슬슬 확인해야 하지 않겠습니까."

※

"쿨럭."

태양은 곧 자리를 털고 일어났다.

현혜가 걱정스러운 목소리로 물어왔다.

―괜찮아?

"응, 아마도?"

태양은 대답하며 심장을 관조했다.

드래곤 하트.

문제의 중심에는 명백히 드래곤 하트가 있었다.

"잠깐 놀랐을 뿐이야."

드래곤 하트의 마나도, 태양이 본래 사용하던 마나도 문제없이 움직였다.

마치 처음부터 아무 일도 없었다는 듯이.

달라진 점은 있었다.

플레이어에게 깃들었던 영양제가 태양의 심장에 옮겨 왔다.

'이게 어떤 변수가 되냐는 건데.'

만찬장 스테이지나 발록의 층에서 나온 용종을 사냥하고, 드래곤 하트 업적을 가지는 플레이어는 많지는 않았지만, 꽤 있었다.

하지만 발록의 층에 도달하기 전에 드래곤 하트를 얻은 채 들어오는 플레이어는 없었다.

적어도 유저 중에서는.

즉, 이번 일은 현혜로서도 조언해 줄 수 없는 영역이었다.

'어쩌면, 숨겨진 조건을 달성한 걸지도 몰라.'

그런 사례는 충분히 있다.

현상금 스테이지에서 V-헤로인 제작 도해를 얻는 것도 V-헤로인이라는 키워드를 알아야 했다.

검사의 성에서 얻은 피를 먹은 카타나 역시 숨겨진 조건을 달성해야만 얻을 수 있는 아이템이었다.

발락의 영양제도 따지고 보자면 게임에서 제시한 보상이다.

숨겨진 조건을 통해 강화되는 사례 중 하나가 될 가능성은 충분했다.

아무튼.

"시간이 얼마나 지났지?"

"바로 움직이시죠. 휴식은 충분히 취했습니다."

고영의 말에 태양이 고개를 끄덕였다.

미르바 클랜원들이 어느 정도 회복을 할 정도로 쓰러져 있었던 모양이었다.

란이 태양에게 다가왔다.

"괜찮아?"

"얘기했잖아. 네가 보기엔 어때?"

"겉으로 보기엔 괜찮은 것 같은데? 그나저나, 네가 쓰러져 있는 동안 생각을 해 봤는데 말이야."

란이 진지한 표정으로 말을 이었다.

"이거 어쩌면 우연이 아닐 수도 있을 것 같아."

"뭐가?"

"용들이 거점을 습격한 거."

옆에서 듣고 있던 살로몬이 물었다.

"함정이었다는 이야기냐? 영양제가 깃든 플레이어로 마룡을 유인해서 우리 앞에 뿌려 놨다고?"

"바로 알아들었네. 응, 확신은 못 하겠는데, 그럴 가능성이 있어."

란의 말에 태양이 고개를 끄덕였다.

가능성이 있는 걸 넘어서 크다.

현혜가 미르바 클랜의 플레이어를 함부로 죽이지 말라고 한 이유.

능력 있는 플레이어라면 얼마든지 이런 식의 견제를 할 수 있기 때문이었다.

"물론 이게 우연이 아니라는 가정하의 이야기야."

"뭐든 최악을 상정하는 게 맞지. 란. 계속해 봐. 근거는?"

"전투 중에 탐색을 한 번 했었어. 주변에 숨어 있는 적이 더 있나 보려고."

"거기에 걸린 녀석들이 있다?"

란이 선선히 고개를 끄덕였다.

"응, 숫자는 대략 여덟 명에서 열 명."

태양이 고개를 삐딱하게 꺾었다.

"여덟에서 열. 숨어서 우리를 지켜보는 녀석들이 있었다."

─만약에 이게 플레이어가 의도한 짓이라면, 할 수 있는 건 두 곳뿐이야.

"그렇지. 강철 늑대 용병단. 그리고 마리아나─아발론 연합."

미르바 클랜도 용의자 선상에 놓을 수는 있겠지만, 그들의 동선은 온전히 란과 살로몬의 통제 안에 있었다.

살로몬이 고개를 갸웃거렸다.

"플레이어 개인이 저질렀을 가능성은 없나?"

"내 생각엔 아니야. 건수의 볼륨이 너무 커."

-나도 동의.

영양제가 깃든 플레이어를 제압하고, 태양 일행의 위치를 특정하는 동시에 용들을 유인해서 미리 거점에 풀어놓기까지 했다.

다수의 짓이고, 수준 높은 플레이어가 반드시 포함되어 있어야 할 수 있는 일이었다.

살로몬이 물었다.

"다른 가능성은? 꼭 그 두 집단이 아닐 수도 있지 않나? 우리가 모르는 강력한 일반 플레이어가 있든가. 아니면 강철 늑대 전체의 뜻이 아니라 한 파티, 혹은 두 파티가 연합했든가."

유석과 같은 사례.

태양이 고개를 끄덕였다.

"그럴 수도 있지. 가능성은 적겠지만."

-……견적을 재나?

현혜가 자그마한 목소리로 망설이듯 중얼거렸다.

태양이 되물었다.

"견적을 잰다고?"

-응. 죽일지 말지 견적을 재고, 위험하다 싶으면 설계해서 죽이는 거지.

상위권의 유저가 위협적으로 성장할 때 나타나는 패턴 중 하나였다.

NPC들이 과도하게 성장한 유저를 자신들의 이해관계에 따라 견제하는 것이다.

단순히 습격하는 게 아니라 여러 층에 걸쳐 정보를 습득하고 계획을 수립해 조직적으로 플레이어를 죽이는 식이었다.

당하는 입장에선 제대로 대항하지도 못하고 허무하게 끝나는 경우가 많았다.

—긴가민가한 게. 15층부터 이렇게 나타나는 경우는 처음이기는 하거든.

"듣고 보니 맞는 것 같은데."

태양의 업적 페이스, 등급 등을 생각해 보면 이런 일이 15층부터 나타나도 이상하지 않았다.

생각을 거듭하던 태양이 문득 발끈했다.

"아니, 그럼 강철 늑대에서 이미 날 죽일 계획을 세웠다는 거야?"

—진정해. 강철 늑대인지, 마리아나—아발론인지는 아직 모르는 거잖아. 그리고 만약 강철 늑대가 한 짓이라도 죽일 생각으로 짠 설계는 아니야.

"어?"

—강철 늑대 용병단에는 내부 행동 강령이 있거든.

"행동 강령? 그걸 네가 어떻게 아는데?"

—그 긴 시간 동안 강철 늑대에 들어간 유저가 하나도 없겠어?

"아."

태양이 머쓱하게 뒤통수를 매만졌다.

—어쨌든 우리가 해야 할 일은 정해졌네.

"응?"

—누군지 잡아야지. 그리고.

현혜가 제 입술을 핥았다.

—혼내 줘야지.

⁂

태양 일행을 관측하던 도허티가 의아한 얼굴로 중얼거렸다.

"미르바랑 태양 일행이랑 갈라졌는데?"

"그래? 흐음, 운이 좋네."

아쥬르가 고개를 끄덕였다.

말로는 운이 좋다고 했지만, 어느 정도 의도한 상황이었다.

미르바 클랜은 태양의 옆에 있었기 때문에 습격을 당했다고 생각할 가능성이 컸다.

물론 똑똑한 이들은 그래도 태양 옆에 붙어 있는 게 이득이라는 걸 알지만, 멍청한 몇몇이 일을 망쳐 놓으면 통제가 어려울 수밖에 없다.

반면 태양 입장에서도.

작금의 일을 벌일 수 있는 단체는 셋뿐이다.

미르바, 강철 늑대, 그리고 마리아나—아발론 연합 정도.

용의선상에 올라가 있는 미르바 클랜 쪽에서 반발하는 인원이 나오면 감정이 상할 수밖에.

도허티가 아쉬운 듯 입맛을 다셨다.

"어떻게 된 일인지 자세히 알고 싶은데 말이지. 로시가 있었으면 좋았을 텐데."

탐색 계열 능력은 언제나 아쉽다.

전투에 모든 능력치가 집중되어 있는 도허티, 아쥬르와 다르게 로시는 탐색, 전투, 보조 등의 여러 전술적인 역할을 수행할 수 있는 플레이어였다.

하지만 그녀는 미르바 클랜의 유동을 확인하기 위해 빠져 있었다.

도허티가 태양 일행을 관찰하며 말을 이었다.

"저쪽도 무력적인 기량은 대단한 대신 탐색 부분에선 약한 모양이야."

"마법 계열 플레이어가 둘인데? 그것도 A, B+등급 아니야?"

아쥬르의 말에 도허티가 어깨를 으쓱였다.

"그렇지 않고서는 저 행보가 말이 안 되잖아. 탐색 능력이 아주 없는 건 아닌 것 같은데, 특출 나진 않은 느낌이야. 의외로 흔하잖아? 그런 타입. 너도 그렇고. 어, 저 봐. 저거."

따로 움직이던 태양 일행이 도허티가 함정을 파 놓은 거점에 들어가고 있었다.

나름 신경 쓴다고 동선을 꼬았는데, 그러면서도 함정에 걸려든 것이다.

신컨의
원 코인
클리어

아쥬르가 고개를 갸웃거렸다.

"정말인가?"

도허티가 1조 플레이어들에게 명령했다.

"가서 2조 플레이어들 불러와. 한꺼번에 쏟아 넣자고."

"넵!"

껄렁거리는 도허티를 보며 아쥬르가 한숨을 내쉬었다.

"차라리 네가 미르바 쪽을 감시하고, 로시랑 같이 움직이는 게 나았을 텐데."

"또 말 그렇게 하네. 등급은 내가 더 높거든?"

"하. 마족들이 좋게 봐준 게 유세야? 로시 앞에서는 말 한마디도 제대로 못 하는 주제에."

그때였다.

태양 일행을 관찰하던 도허티의 눈이 동그래졌다.

"어?"

"어?는 무슨. 내가 정곡을 찔렀어?"

"아니, 어디 갔지?"

"뭐가?"

도허티의 심상치 않은 반응에 아쥬르가 뒤늦게 반응했다.

스모크 매직: 더스트 게이트(Dust Gate).

후웅.

둘 앞에 연기로 이루어진 차원 문이 나타났다.

"후우우우."

이내 시가를 문, 시니컬한 인상의 마법사가 차원 문에서 걸어 나왔다.

"여러 번 생각하는 건데 말이야. 당신, 나랑 상성 진짜 좋네."

"너랑 잘 맞는 게 아니라 나랑 안 맞는 사람 찾기가 더 어려워. 착각하지 말아 줄래?"

란의 바람과 살로몬의 연기가 동시에 퍼져 나갔다.

낭풍(浪風).

블라인드 에어리어(Blind Area).

아쥬르와 도허티를 민첩한 몸놀림으로 란의 낭풍을 피해 몸을 날렸다.

살로몬의 연기가 자연스럽게 벌어진 공간을 집어삼켰다.

괴력난신(怪力亂神) - 칼바람.

공간 발화.

전율의 푸른 늑대.

쾅! 쾅! 쾅! 쾅!

크ㅇㅇㅇㅇㅇㅇㅇ!

아쥬르와 살로몬이 대응이 칼바람을 모조리 쳐 냈다.

아트만의 폭풍.

후와아아아앙!

스킬을 이용해 살로몬의 안개를 걷어 낸 도허티가 외쳤다.

"내가 묶을게!"

열화의 붉은 독수리.

란이 감탄해서 중얼거렸다.

"괜히 S등급 클랜원이 아니구나."

"확실히."

미르바 클랜원들도 나쁘지는 않았지만, 확실히 한 단계 위라는 느낌이었다.

괴력난신(怪力亂神) - 도깨비 바람.

스모크 매직 - 육망성 마방진.

후우우욱!

란과 살로몬의 동체가 허공으로 떠올랐다.

콰아아앙!

도허티의 붉은 독수리가 애꿎은 지면에 폭발을 일으켰다.

아쥬르가 드러난 술식을 기반으로 순식간에 살로몬과 란의 의도를 파악했다.

"묶을 생각이야! 공간이 아니라 봉인이다! 우릴 잡을 자신이 없는 거야! 역산할게!"

전투란 결국 수 싸움이다.

적의 수를 모두 파훼하면 이긴다.

'생각보다 쉬운데?'

실시간으로 살로몬의 마법 술식을 역산한 아쥬르가 미소를 지었다.

그의 옆에서는 도허티가 뛰어오를 준비를 하고 있었다.

'윤태양이 어디로 갔는지는 모르겠지만, 여기에 있지 않다면

변수는 없…….'

그때.

마나 동결.

콰드드득!

공간의 마나가 통째로 얼어붙었다.

아쥬르가 경악했다.

"마, 마나 동결이라고?"

그녀로서는 상상도 하지 못한 수.

아쥬르의 역산 마법과 도허티의 스킬이 동시에 빛을 잃었다.

이내 살로몬의 연기 결계가 동결된 공간을 통째로 집어삼켰다.

다음 권으로 이어집니다